# 誰在暗中眨眼睛

王 定國

我敬重文字如同遵守品格，我輕名淡利寧為社會孤人。

# 目次

（推薦序）

# 哀傷清麗之美

## ——讀王定國短篇集《誰在暗中眨眼睛》

陳芳明

淡雅哀傷的文字，在王定國短篇小說裡處處可見。他每篇小說大約兩三千字，篇幅有限，餘韻無窮。很少看到如此晶瑩剔透的作品，每一種句式，好像都經過提煉。無論是多一字或少一字，顯然都經過仔細斟酌。在這講求浪費、鋪張、誇大的年代，王定國的自我苛求，好像是一個變種。他的故事與他的風格，彷彿來自另一個星球，需要一些通關密語，才容許讀者進入他的世界。他耽溺於精簡的筆法，為的是使故事說得更加乾淨明白。在這個時代，已經很少人如此經營短篇小說，與速戰速決的台灣社會完全背道而馳。

王定國應該是屬於我這世代的作家，在一九七〇年代崛起文壇時，我已經遠離台灣。對於他早年的作品，我不甚了了。去年他出版短篇小說集《那麼熱，那麼冷》，使許多讀者瞠目結舌。他的書寫有一種復古風，不求炫技，不求流行；必須找到真實的感覺，才精確下筆。然而，細讀他每篇作品，總是使人回味。把那麼多的情緒與感覺，濃縮在一定格局的故事裡。讀完後，必須動用更多的想像來稀釋它，消化它，接受它。

復古，或懷舊，也許是後現代社會的某種品味。也許年輕作家可以模擬那種腔調，創造一種回頭看的藝術，卻不可能呼喚出具有深度的感情。王定國想必不是熟悉這樣的風尚，在他靈魂底層，沉澱著太多的傷害，挫折，羞辱。沒有體會過人性的醜惡，就不可能寫出如此深刻的人生。如果沒有超越負面的人性，也不可能完成如此精緻的作品。二〇一一年以來，他發表的每篇小說，幾乎可以說是用生命寫出來。在許多故事的轉折處，總是讓人體會其中的蒼涼與滄桑。或許有某些情節，是他親身經歷，也或許是朋友的真實故事，讀來不能不使人感到驚心動魄，也不能不使人低迴不已。

他擅長使用平淡的語氣說故事，為的是讓故事與作者之間保持一種疏離。

那種素描的方式，刻意避開濃烈的顏色，使生命本質浮現出來。因為是疏離，就好像在訴說別人的故事，但是某些刻骨銘心的場面，又彷彿暗示作者就在現場。他穿梭在每一個動人心弦的場合，旁觀別人的歡樂與痛苦。只有寫到故事終結時，作者的感情才真實融入。這正是小說最動人之處，讓讀者走在彎曲的迷宮，必須等到最後關鍵才揭開謎底。

人間有太多糾纏不清的情感，似乎不能用簡單的對或錯來判斷。生命的複雜，就在於不可預期，不容解釋，不能釐清。好像走在迷霧裡，看不見任何方向，沒有人可以判別前面是否為斷崖或絕路。生命只能持續走下去，直到霧散了，答案才終得明白。這部短篇小說集，都是屬於愛的故事，其中的恩怨情仇，顯然不是三言兩語就可交代清楚。不論是愛或恨，不論是得或失，都必須付出同等份量的情感。王定國以他穿針引線的工夫，在故事開頭埋下伏筆，寫的都是日常生活的瑣碎，以反高潮的手法平鋪直敘。他牽引讀者的眼睛，一步一步走進故事核心，總是在最後展現一刀斃命的絕活，直刺讀者的心。

〈妖精〉這篇小說可以寫得非常庸俗，也可以寫得精彩絕倫。這是一則父親外遇的故事，事情發生後，父母就始終處於對決狀態，如此過了一生。故事忽然有了重大轉折，情婦在晚年突然失智，被送進安養院。接到這項消息時，母親搖身變成了勝利者。為了表現勝利的姿態，母親邀請父親一起去探望，由孩子駕車前往安養院。故事是由孩子敘述，可以抽離各種深層的感覺。唯唯諾諾的父親，被抓姦後再也無法理直氣壯，也只能低頭跟著母親去看從前的情人。

情夫情婦顯然是敗北者，如今由母親來主導整個事件，自有另一番風景。直到在安養院相見時，小說生動地描繪了現場味況：

面對一張毫無回應的臉，在母親看來不知是喜是悲，也許很多心底話本來都想好了，譬如她要宣洩的怨恨，她無端承受的傷痕要趁這個機會排解，沒想到對手太弱了。她把手絹收進皮包，哼著鼻音走出了廊外。

這真的是令人難忘的鏡頭，一生的敵人，剎那間委頓下來，母親再度奪回了主權。但是安養院裡的那位情婦，果真全盤遺忘她的前生？並不全然如此。他們離開時，擔任司機的孩子卻看到那位失智的婦人，「悄悄掩在一處無人的屋角，那兩隻眼睛因著想要凝望而變得異常瑩亮，偷偷朝著我們的車窗直視過來。」故事到達這裡，忽然來了一記回馬槍，已經不是簡單的輸贏就可解釋一切。

王定國小說站在一定的高度，透視人間的墮落與昇華。在萬丈紅塵裡，他親歷了多少生與死，多少愛與恨，才臻於最佳狀態的智慧結晶。即使沒有經過真實的經驗，他所親眼目睹，或間接耳聞，都使他的靈魂負載一定的重量。在他的小說世界，人生不外乎是悽慘或淒涼。在寒冷中，他會適時釋出一些溫暖，或者讓人感受一點點救贖的希望。他的小說給出一個信息，即是所有庶民即使再如何平凡，都有可能創造扣人心弦的故事。

多少年來，我們已經很少獲讀這種觸探人情炎涼的小說。他是老派作家，具備了古典的風格。六〇年代現代主義的隱喻與象徵技巧，他還是運用得游刃有餘。有些作品讀來非常危險，只要不慎失手，很有可能就變成俗麗的言情小說。王定國的精采，往往在文字驚險的關口，及時轉化成為藝術的驚豔。他說故事手法，已是爐火純青。明明是陳腔濫調的新聞事件，在彈指之間，他點石成金。有些可能是不醒眼的故事，他添加幾筆素描，就使人眼睛為之一亮。世間愛情是最困難、也最具挑戰的題材，長年受到無盡無止的開發，可以說已到了羅掘俱窮的地步。王定國並不畏懼，深入凡夫俗子的世界，傾聽無數苦澀悲涼的聲音。沒有果敢的心懷，沒有博大的同情，小說就不可能釀造如此哀傷清麗之美。

二〇一四年九月十二日政大台文所

# （推薦序）帶著陰影、被陰影帶著的台灣人

楊照

王定國其人其作，在這個時代，令人無可逃躲地反映了台灣文學最悲哀的矛盾。

從一個角度看，以他的年紀、以他的資歷、尤其是以他這些年在商場上累積了的財富，他沒有理由要寫小說．然而，換從另一個角度看，以他的年紀、以他的資歷，尤其是以他這些年在商場上累積了的財富，他具備了再完整不過的寫小說的條件，不是嗎？

用前面的角度看，依照世俗標準衡量，寫小說不能帶給這個時候的王定國任何東西．他不是個「文青」，不需要摸索自己是不是要走上文藝追求的這條路，小說寫得再好，在文學藝術成就上獲得再高的肯定，都不可能提升他既有

的社會地位，那就更不要說稿費、版稅，甚至獎金可能帶來的物質酬勞了，和他的財富、和房地產開發銷售能得到的相比，那真是杯水車薪。

但換從後面一種角度看，以文學創作的標準衡量，王定國的人生已經獲得了充分經濟保障，再也不需為稻粱謀，可以自由開闊地揮灑。從在法院當書記官，到轉行入房地產，他經歷過那麼多、看過更多，還有，他至今保有年輕時鍛鍊出來的一支筆，可以嫻熟地運用文字、鋪排情節、刻畫人物，這種人不寫小說，那誰該來寫小說呢？

然而事實是，我們只有一個王定國。這項事實再明確不過顯現了，在台灣，文學創作的標準如何卑微、而現實的標準相對何等強大。我們還需意外台灣文學創作一直走著歪斜、扭曲的路嗎？

台灣文學只能在非現實的領域綻放異彩。當代小說中有著各式各樣、光怪陸離的奇想，各式各樣、光怪陸離的文字表演，那是成就，但那是太過於朝向耽溺妄想偏斜的成就，那是缺乏現實感的成就。

我不是現實主義的基本教義派，絕非如此，但在我的文學閱讀中，我始終渴望比較多元、分散的刺激與感動來源。我可以欣賞想像力的縱放，但那不是文學的全部，畢竟還是有很重要的一塊文學價值，來自現實，來自對於現實的感動。

但現實如此艱難，或說，以文字探入現實的多元多樣，如此艱難．日常中我們能接觸到的現實，人、事、地、物，看起來多麼類似、多麼不起眼．成長、社會化的過程，就是要教會人如何隱藏、甚至取消所有看起來不正常的行為和情緒，變得和別人都一樣．圍繞著我們的現實，是漂白、消毒過的現實，是單一層次會讓人打呵欠的現實。

但是不管現實再怎麼被漂白、消毒，日常生活中卻總一定有靈光乍現的某些時刻，或驚駭或哀傷或振奮或背脊發涼地，我們意識到有些無法被漂白、被消毒的黑暗與瑰麗，在現實的表面之下跳著、晃著、掙扎著。

小說的功能，其中一項重要的功能，不就是藉由虛構之筆，去挖開那現實表面，將底下跳著、晃著、掙扎著的攝照出來嗎？小說賦予作者那麼大的虛構權力，讀者願意認真看待他們所虛構的，不就是因為我們畢竟不願意天真地接受這無趣的現實表面，本能地想要定睛看到、感受到底下那沒有死滅的跳著、晃著、掙扎著的甚麼嗎？

王定國把我們帶回到現代小說之初始處，還原小說這份現在經常被遺忘了的功能——張開眼睛認知看似平凡的現實底下，藏著一點都不平凡的複雜遭遇與感情。

王定國的小說，寫的是人，尤其是在台灣活著的人，如何難以承受不平凡的遭遇與感情，如何將不平凡的遭遇與感情壓抑為陰影，讓自己還原為一副平凡的面容。即便那不平凡是喜、是樂、是成功，總是倏忽變質而成為不堪的負擔，逼著他筆下的主角只能將之埋藏起來，藏成一片記憶的陰影。

每一個人，於是都是帶著陰影的人，或更精確地說，都是被陰影帶著的人。陰影之所以為陰影，之所以只能被埋藏而不能乾脆地拋棄，因為陰影中有著人僅有的不平凡，通常是不平凡的、失格的愛。有過但怯懦地逃開了的理想，為了一時方便而拋棄了的愛人，終日縈懷卻突然遺忘的夢與追求，當然，還有，殘酷的背叛與被背叛。

陰影不會消逝，弔詭地，因為被陰影帶著的生命，離不開陰影。他們努力地埋藏陰影，只為了未來時空中不可測的一刻，陰影會復仇般地浮上來，如老鷹抓小雞般將人騰空抓起。也為了未來時空中不可測的一刻，當沉入對於生命最虛無的懷疑時，必須自虐地將陰影挖掘出來，才能證明自己真實活過。

一篇篇的短篇，寫了一段段的埋藏與挖掘．王定國筆下，沒有一個真正心安理得、理直氣壯活著的人．雖然他對於台灣社會沒有我們一般熟悉的那種批判腔口，然而我們在他小說中讀到了一種無可懷疑的「台灣性」，是的，這些都是台灣人，這些都是會發生在台灣的事，因而讀完小說集，我們不得不憂傷地反省：由這些不能心安理得、理直氣壯的人組成的社會，是怎樣一個社會？又是甚麼樣的社會，甚麼樣的歷史，製造了那麼多帶著陰影、被陰影帶著的人呢？

# 素面相見

三十五歲，再慢就不想婚了，最後一次的相親。

花園咖啡，長沙發的窗邊，時間地點由她敲定，閒雜人等不可跟隨。對方只能來或不來，她不願再像以前愧疚地給人盯著看，連呼吸都有困難。

母親應該欣慰了，女兒走出來了。別人晚婚都沒事，唯獨她不行，一家三個人吃飯，大眼瞪小眼，彼此心裡都清楚，無非就是長相作怪，自己要是長得漂亮，不會每次吃到一半就去洗碗。

很早以前她就不喜歡跟著母親出門了。母親連生氣都好看，蹙著眉頭催她快走，那四十歲的樣子就是很美，不知情的路人甚至都會讚賞，以為一個慈悲的貴婦帶著災區小孩逛街。

長相成為她的困擾，應該是有一次陪母親買豆漿。明明是母親點這點那，還親自付錢，那老闆包起來的燒餅油條偏偏就是塞給她，毫不考慮她靜靜站著也是個客人，一看就料定了她苦旱的外傭這張臉。

自然每次對鏡時，難免又生起疑心，是養女吧，才找不出他們的遺傳，可是兩夫妻當初既然決定物色女嬰，手氣未免也太差了。

父親較少被她鬧過情緒，困頓的事業讓他成為幸運局外人，只有三十歲生日那天晚上，突然不想饒過他，當著那幾根惶恐的蠟燭，她終於打破沉默，「坦白說啦，你們男人看得最準，你說我是不是很醜？」

老爸真是笨拙呀，她從跳晃的燭光裡發覺他呼吸急促，喉嚨塞滿了悲傷，一個簡單問題竟然把他折磨成這樣，可見她給這個家帶來多少麻煩。

父親當然是盡力了，他最後總算找到了一個詞，回答得非常放心。

「不美。」他敬畏地說。

這簡短的一句話她記到現在，每次想起來都忍不住笑出淚水。

幾分鐘後就要出現的男人，不知道又要帶來多麼異樣的眼光。

醜嗎？漂亮嗎？難道沒有其他的嗎？

如果對方刻意遲到，也沒有什麼大不了。

有些人的眼睛就是大到可以用來藐視，她卻只能分到一條縫，用力睜開彷彿還在假寐中；上唇同樣短小，大笑就翻出牙齦，不笑有點吃風，乾脆閉起來的時候卻像哭，根本就是無話可說的嘴型。

不美。真是難為他了。蛋糕吃完的那天深夜，忽然聽到幽暗的廳間咚的一聲傳來，找了許久才發現牆角的水瓶掉了一朵花。沒什麼稀奇，卻又不知什麼緣故，那平常嫌它庸俗過時的夜來香，竟在一瞬間把她弄哭了。

進來了。男人停在櫃檯說話，隨著服務生的指引望過來。以前也有相似的畫面，望過來之後卻溜到了別桌，拿著一本過期雜誌久久忘了翻開。

這個看起來比較正派，黃襯衫繫著白領帶，還夾著兩槓別針呢，走來的樣子卻像電影裡的蘇聯ＫＧＢ，臉上的線條冷峻僵硬，防著過道上的客人忽然跳起來狙殺似地。

他來到桌邊站著，橫著手按住了外套下襬，然後停在恭謹的欠身中。坦白說，相親過四次，還沒來過這麼體面的男人，畢竟是透過某某的某某介紹的朋友，應該已經打翻了各種關係的親疏，也清除了口耳相傳的惡毒，才有這樣的溫情配對。否則龍歸龍，鼠歸鼠，一個不美的女人站在龍鼠之間兩頭顧盼，最終還是要被人世間的無情歸類到鼠輩那邊。

正慶幸她的世界還有這號人物，卻聽見他說：「妳知道黑格爾嗎？」

說的應該是黑木耳。妳知道黑木耳嗎？

沒想到他是認真的，英文也用上了，聽起來說成了黑gay呢。

而且談到了班雅明，「我一直在研讀這兩個不同世紀的哲學家，交女朋友的時間都沒有了。」

接著竟然還有下文，卡夫卡啦，喬哀思啦，什麼艾略特啦……都來了，說得滿口流利，文學大師的名單竟然一脈相傳地撂出來。

幸好沙發夠軟，她喘口氣癱進了深靠背，但又覺得不能不理他。

「你說的如果是電影，那我知道啦，《班傑明的奇幻旅程》對不對？」

果然把他打斷了，他的頻道立即出現了雜訊，一時再也沒有話題。

如果醜是一種殘缺，書呆子也很討人厭呀。

兩天後，一個自稱妹妹的女孩打了電話來。

「我哥哥沒談過戀愛，不會說話又容易緊張，真對不起啦。」

怎麼說都好，這是相親以來，一萬年以來，第一次聽到的回音。

「他聽說妳很喜歡看書耶，但是妳卻故意把班雅明說成班傑明，回來後一直難過。妳現在可以來我家參觀書房嗎？他想證明並沒有臨時惡補。」

又是書。哪一天她不看書。以前別人溜著短裙到處野，她寂寞的眼縫只能瞄著白紙黑字發呆；整個大學四年，圖書館外彷彿天天下著雨，她哪裡都沒去，十九世紀的哲學喔，讀到二十一世紀的今天還在相親。

原來還有人和她一樣，躲在這樣的困境裡。

她忽然心疼起來，毫不考慮就答應了。

還想了很久，要不要給他見面禮，否則這樣的臉是多麼無禮。

兩扇鐵格柵，一個小花園。妹妹雀躍地領著她進屋，把她哥哥從書房叫出來，門一打開，音樂跟在後面，整間屋子突兀地流瀉著舒伯特的哀傷。

他想要握手卻又放下，憨憨地側身引導著書房的走向。她故意不看一眼，轉身坐進客廳，從袋子裡取出了一個小盒子，自語著說：「坐在這裡聊天好棒呀，還可以看到這麼美的花園。」

盒子準備送給他，裡面裝滿了深褐色的香丸。她取出兩顆，放入自己帶來的陶土香爐裡，底下點起了短燭，就在他們面前悠悠地燻燒起來。

空氣中慢慢飄出了氣味，兩兄妹吃驚的眼神變得有些迷惘。

她再拿出幾個小巧的瓷罐說：「我現在很少看書了，都在玩這些小東西，要不要我來示範？想要什麼心情就做出什麼味道，這裡面沒有哲學。」

妹妹拍手叫好，做哥哥的湊近了下巴。她開始在白色骨瓷裡倒進了白檀、沉香與甘松之類的香材粉末，摻入幾許麝香，然後在小湯匙的攪拌中淋上蜂蜜，等到濃稠可握，像擀麵條似地切出塊狀，一個個分給他們，跟著她揉在手心，終於慢慢揉出了一顆顆小湯圓的飽滿。

眼前這神經的ＫＧＢ總算活過來了，他把掌心貼在鼻下聞了又聞，突然漾出孩子般的笑顏，把他手上的殘泥全都抹在妹妹的額頭上。

最後一道，每個香丸輕沾一抹金箔，便恍如忽然睜開了迷人的眼睛。

空氣中的香味開始緩緩地變幻著，整個屋子靜默下來了。

幾年來，數不清的夜晚，她就是逼著自己這樣靜默著。尤其進入了花藝茶道，沉澱下來的恰恰就是現在她想要傳達的心靈。她覺得今天或許有些唐突了，就像那天他一出手就是黑格爾那般。然而比起哲學的曠遠無邊，如今她寧選一爐馨香近在眼前，自己聞到了，周遭的人也感受了，簡單地活著也很好呀，小小的溫暖有時也會跟著好心情燃燒起來。

至於長相那就別說吧，既然住在美的隔壁，到底還要醜到哪裡？

# 有染

下午茶時間，憑窗可以眺望著靜謐的公園。

如果對方依她安排，她就直接約在這裡。若是遠地來客，不熟路況最好，再麻煩也要設法帶他來喝杯咖啡，反正時間都從見面的一刻起算，半天的陪伴就像一場郊遊，雖然最後還是要走進另外一個房間。

這裡喝咖啡的好處是四周敞亮，有人演奏鋼琴，無聲的水牆流瀉著音樂的憂傷，男人在這晃漾的光影中通常不會太過猴急。倘若兩人有話說到無心，還能望望迴繞在叢林步道下的湖水，盯著那水面由綠轉橙，然後慢慢變暗，接著進入晚餐，彼此才開始盤算最後面的真槍實彈。

今天這個，年紀大多了，看來一副喪偶的寂寞呢。

「走嘛，我陪你進去公園划船。」她說。

男的有點為難，看著錶說：「還是去吃飯好了。」

去年第一次見面時就沒什麼話聊，記得他頭髮還不稀疏，嗓子也算嘹亮，如今卻一頂帽子壓著粗沙的嗓音，一坐下就吃完水果，擦嘴後開始等著她。

幾天前她翻爛了備忘錄，有效的客源都用光了，新的不進來，舊的漸漸凋零，只剩這個久未聯絡，只好扮演這樣一場彷如父女相認的戲碼。

好在她已經不會害羞了。客人都由她篩選，粗暴的不要，怪癖的謝絕，不必再忍受滿室的貪婪目光將她射穿。那時她每天凌晨三點回家，先把酒客的稱謂特徵寫好再洗澡，再睡到中午，再出門洗頭做臉繪指甲，如此捱到酒店包廂坐滿三個月，成了現在的自由戶，才有機會和這個城市一起呼吸，每天只等幾個舊客賞識，萬不得已才拜託這些善良魔鬼介紹幾個像樣的天使。

這個老的突然說要提早吃飯，一問才知道他想跟她圍爐。快過年了，還說準備了一包壓歲錢要給她，可見他多寂寞，買春還要買個家。

兩人圍了一爐涮羊肉，她陪他喝了幾口五加皮。是快過年了，一臉的酒紅說不定會帶來喜氣，沒什麼不好，勾著他的胳臂走進附近的商務旅館時，撒嬌了起來，「別走太快呀，把我當女兒來保護嘛。」

她讓對方先洗澡，自己坐下來脫外套，正想著還有三個小時要她折騰，忽然聽見尖銳的鈴鐺聲在窗外飛馳。不出幾秒，前後又來兩部消防車急急跟上了，接著是警車、救護車的聲音齊齊呼嘯著，紛紛停在一個看不見的街廓中驟然消音下來。

男的圍著半截浴巾跑出浴室，殘餘的皂泡掛滿了脖子胸膛。

「放心，不是我們這裡。」她說。

她撥開窗簾，只見一柱濃煙正在騰空飄散，烏雲的天際沒有半顆星。

你還沒洗乾淨耶，洗完再出來吧，她說。

沒必要說的是，那煙雲底下，說不定就是她三年前住過的地方。

他在趕寫論文，螢屏映出他的鬍渣，脖子一縮，看見了疲憊的眼睛。發誓四十歲就要放棄博士攻讀，一晃三年，破了戒，夢卻愈來愈遠。學位的競逐最怕這種無止盡的孤寂，然而也不能不孤寂，每晚必得守在燈下，閒人小兒嚴禁騷擾，最好任何一隻蚊子都能識相遠離。

偏偏在客廳織著毛線的妻子突然大喊失火。失火啦，好大的火啊。

她大概又是故意把電視聲頻調高了，那些咿喔不停的魔音瞬間塞進門縫，整個書房彷彿跟著燒了起來。

燒了也好。總覺得她毫不關心他的煎熬，就像幫他批改作文這件事，虧她念過中文系兩年，拿著紅筆亂點鴛鴦，跟著逗號點逗號，跟著句號圈句號，末了才塗上兩句輪流使用的評語，沒多久果然被學生家長抓出了把柄。

在那些胡亂的評語中，他尤其憎惡其中的一句：要好好的堅持下去喔。少女的筆觸嗎，還是媽媽給當兵的孩子寫家書，一點都不像他的評筆，恐怕只是她自結婚以來光說不做的台詞。白天忙打牌，家事雜物偷偷丟給朋友挪借過來的外傭，每天趕在黃昏前回來坐著，手裡圈著一年還沒織好的圍巾，看到大門打開才站起來伸個懶腰，藉機喊著這裡痛那裡疼，簡直就是抱病走進廚房，然後端來一杯熱茶熏著他臉上的疲憊，「要好好的堅持下去喔。」

書房靜不下來，火勢好像還在電視裡延燒著。他闔上電腦，衝出去就要破口大罵，忽然發現那螢幕畫面幾乎就是一片火海，濃煙瀰漫，紅燄沖天，連線的女記者邊說邊哽咽著慌張的鼻音。

「哪裡的大火？」他說。

「不就是你以前去過的嗎，那一棟真善美啊。」

果然，快訊字幕陸續跑了出來，三百多戶套房，生死未明……。

他把聲音轉小，想要專注地噤下來聽，手腳卻開始微微冷顫著。這漾過了半晌，才發覺旁邊的眼睛也在看著他，雖然她一眨就過去了，卻開始藉著手上那條圍巾默默地勾著，很快又把一股飄忽的宿怨勾了出來。

當年他就是從這個火場的樓上離開的。她叫來警察，親自帶著相機，房間裡面什麼都拍，連他光溜溜的屁股也不放過，洗出來的照片擱在他的書桌，讓他差一點熬不過那漫長冷冽的夏天。

他跑兩次廁所，回來還是走不進書房，字幕已經開始列出死亡名單，一個接著一個來到眼前，死亡突然變得那麼迫近，不像分手只是走得遠遠。

她放下毛線說：「應該沒有她，最好是搬走了。」

後來她乾脆把半截圍巾擱在椅背上，準備進房睡覺，猶豫了很久，終於回頭對他說：「我看……不如你到現場去問問吧。」

藏起來的驚慌是不能張揚的，沒想到她忽然這麼柔軟。不如到現場……，是沒聽錯，但也是存心看他把情緒釋放吧，想到這裡還是壓抑了下來。

他關掉電視，含著眼淚走進書房，整晚一直呆坐在黑暗中。

她把髮夾解開，兩根拇指穿入頸後的叢林，拋鬆後就像一匹黑瀑湍入窗玻璃的光影中，合著她光裸的乳身輕輕歡躍著。然後她的手一直橫托著，保持著一副投降女奴背對主人的模樣，直到慢慢感覺頸後一陣冰涼，便知道後面那雙眼睛正在圓滾滾轉動著，像支寂寞的箭，等著她轉身進入完美的射程。

失火那個地方，以前也有同樣的長窗。她就是這樣站在窗前，那時他說他喜歡看著她完全裸露的背影，既然無法把她一口吞下，那就讓他靠在床頭遠遠望過來，直到他的眼睛完全擁有她。

燒了也好。這樣他就什麼都失去了。

她曾經找過他，透過朋友，朋友的朋友。他卻沒有透過誰，事發之後乾脆像個戰犯脫逃下山，留下擄掠後的房間和一支來不及抽的煙斗。一個男人可以這樣輕忽自己的山盟海誓，叫她以後面對他人還有幾句真情可言。

她把窗簾拉上，最後一瞥的天空已經染出了一片紅光。

然而這才發現男的雖然褪盡衣物，卻已經歪躺在床被裡睡著了，那瓶五加皮在他眼袋下方塗了厚厚的胭脂那般。

她偎過去逗弄他的耳垂，沉重的眼皮還是沒有睎開。

「哎，起來，你不能睡呀，我們沒有多少時間了。」

說著鑽進了他的被窩，上下摸索他的癢處，直到他遲遲翻過身來。

快過年了，我和你圍爐呢，能不能坐起來，你這樣壓到我了啦……。

# 素人

五間房的民宿，坐落山腳下的邊坡，面對著河道側彎而來的一泓深潭。從門前的小路上行可以探勘熱門古道，沿著斜坡下去則是溫泉鄉的街坊。

民宿生意好的時候，露天咖啡跟著爆滿，除了登山族一波波路過歇腳，也有以前來過的一些鄉鄰，相熟的聲音到處穿過竹屏喊過來。

姑娘呀，妳忘了我的咖啡囉。

來了，來了。真琴雖然不願意認熟，但她喜歡在這山野中聽見自己的聲音，彷如還是婚前的少女，嗓音像風鈴一樣輕盈，連初來乍到的那副生澀模樣也變得俐落起來。

「做我的女朋友吧？」

「我想想看，嗯，做姊姊好啦。」

也有從溫泉區散步來的婦人，叫她來到眼前端詳，疼惜地摸摸她的手。

「這種鄉下地方不要待太久，長得美美的要是嫁不出去，可惜喔。」

不經意聽到的讚美，有時真像濃濃的甜蜜氣息把她包圍，雖然有時藉著轉身掩住了羞赧，還是有一絲絲的愜意浮在心頭上盪漾著。

客人不多的時候，午後咖啡便是她最悠閒的時間，否則天未亮她就要起來備料做早餐，中午開始洗床單，回頭再去清理客退之後的五間房，要到黃昏之前所有的衣物全都收齊燙好，才算完成一天的工作。

但她喜歡這樣的日子，偏遠，安靜，沒有人認出她來。老闆娘給她夠用的薪水，提供了一間廢棄在舊鐵道旁的小屋。她自己花錢買油漆，粉刷過後還親手畫上喜愛的圖案，連泛黃的地磚也彩繪了一朵朵的向日葵。

年初她還用領到的薪水買了傻瓜相機。她的願望一直沒有改變，要成為一個自由自在的攝影家，還要存錢飛到陌生的國度，就像今年只要轉入冬天，那時她大約已經摸到了北海道的積雪。

今天還是個好日子呢，客滿的民宿又超收了一間訂房。

和往常一樣，下午兩點她將負責把客人帶到她住的閣樓上。閣樓外觀雖然老舊，新鋪的榻榻米聞起來很香，床邊還有相通的起居間，從落地玻璃望出去的山坳剛好可以看見海。曾經就有很多夫妻來過這裡補度蜜月，也有年輕的情侶連住了兩晚，只要來過的都非常喜歡。

自從老闆娘把她樓上的房間整理出來供宿，每到月初，她的薪資袋裡就會多出一些錢，由不得她推卻，民宿確實因為她而豐收了，起碼多賣了很多咖啡。

「姑娘呀，妳又忘了我的咖啡囉。」

「唉，對不起啦，住宿的客人已經到了。」

門下的石階掉滿了火焰木的紅花。

開來休旅車的男人，獨自踏上了石階。真琴跟在後面，不時回頭看著車內的動靜，她以為應該還有客人沒有下車，若不是女眷，起碼是他的小孩。然而車門關上就關上了，再也沒有人下來，只有一朵落花哆的一聲打在車頂上。

還不曾接待在這種地方獨宿的男人。

男人登上櫃檯填好了資料，老闆娘領他走到階口，喊著真琴幫他帶路，看也不看她臉上的茫然。

真琴走前面，提著客人的皮箱，箱子沉重得像要把她拖到谷底。她強自打起精神。沿路都要跟客人聊些話的：您從哪裡來呀，怎麼知道我們這裡，很多住過的客人都還想再來呢。以前就是這樣打開話題的，一邊指著路旁的油菜花和芭樂樹，有時還摘了幾顆遞到客人手裡。

老闆娘還交代，記得要介紹鐵軌，五分鐘的小路程，多聊兩句就到了。以前她都照著說，果然小孩子最愛蹲下來玩石頭，大人也樂得拍照留念，否則她真不知道那些黑油油的枕木鐵條是那麼受歡迎。

然而現在，一句話也說不出來了。男人一直不吭聲，待她回頭一看，才發現他停在路邊點火，燃起的第一口煙撲上了灰色的帽緣。

她放慢了腳步，遠遠地猜他年齡，應該早就結婚了，把外面的情人約在這裡會合嗎？不然，很少有人單獨跑來這裡過夜的……。

本想帶他繞著彎路拖些時間，然而已經到了門口。小小的屋院挺著一株老桂花，她的腳踏車仍然貼在牆下，幾叢劍長的綠葉掩著小水池的光。

男人彎下腰，終於開了口，「這是蔥吧？」
「鳶尾花。」她說。
「嗯，鳶尾花……，今晚妳也住在這裡嗎？」
她留給他大門鑰匙，鎖緊了自己樓下的房間，才匆匆趕回去收拾那些晾好的床單。黃昏的咖啡亭總算稀落下來，她回到後台燙好桌巾，瞧見窗外坡坎的潭邊蹲著兩名釣客，午後還在漂浮的那些紅花，已經流到急瀨下方了。
「妳怕什麼，一個人也是客人。」老闆娘走過來，看穿了她的心思，拍著她瘦骨的肩膀，「我教妳，明天一大早帶他來用餐，說不定很快就退房。」
真琴把話聽了進去，心裡也是這樣地期待著。
她回去的時候，大門依然緊鎖，樓上亮著燈，什麼異狀都沒有，才躡著腳溜進自己的房間。她度過了還算漫長的不安後，悄悄走出來喝水，望著樓梯口依然靜謐的燈光，忽然覺得也許把他虧待了。說不定是個老實客人呢，似乎不堪被她冷落，連晚飯也沒吃，一進房間就睡著了。
然而等她換了睡衣的時候，對講機突然響了起來。

「有沒有吃的，肚子餓了。」樓上說。

外面已經沒有夜攤，民宿那邊也打烊了。然而為了心中那股歉意，她拿出冰箱裡的剩飯用來炒蛋，撒了胡椒蔥花後端去樓上給他。對方依然少話，從他半開的門後接過盤子，點個頭就把門關上了。

一個小時後卻又打來，這回要了一杯咖啡。

但願再來都沒事了。濃重的睡意熬近凌晨，真琴躺回床上，忽然一串匆亂的腳步聲直從那個房間踢踏下來。開門一看，男人已經大晃晃地站在客廳。

「對不起，有沒有賣香煙？」

她搖著頭，男人卻不走，坐了下來。

客廳是那麼小，沒有客廳就好了。她只好站在一旁抓著胸口的斜襟，防備著他還要的什麼——整個下午一直沉默的話語，還有他那難以理解的孤鬱，難道要在這樣的三更半夜傾洩而出嗎？

眼看他莫名地悶聲坐著，她來不及更衣，急聲說：「我出去幫你找。」

她推著腳踏車衝出大門後，往上的坡道開始響起了緊澀的低鳴，沿途的視線黑暗一片，唯有的幾盞大燈落在遠處的溫泉旅舍周邊。後來她才想起開雜貨店的鄰長叔，昨天她還去買過一箱洗衣粉，這個時間就算他已經熟睡，但她更需要的卻是一包救命的香煙……。

然而當她帶著香煙回來時，小小的客廳卻已經鳴放著收音機，舞曲、話劇、賣藥廣告的鏗鏘聲……，不斷轉換的頻道發出了雜訊，彷彿交錯著那個男人不耐煩的聲音。她不禁又徬徨起來，退了一步踮起腳尖，看見一雙大腿正在來來去去，整個客廳彷彿隨著他的身影開始動盪起來。

她終於還是退縮了。她記得離家那天也是這樣的漆黑的時間。

她把香煙擱在門下，把自己掉頭回到剛才的黑暗中。突然覺得四周愈來愈冷了，慢慢冷到腳底了，如同丈夫經常把她痛打的深夜，為了忍住一聲聲哀嚎，湧起的一股冷意是那麼椎心，像一道冰川從腳下迴流，使她渾身戰慄，完全失去聲音。

# 蝴蝶

孀居的姊姊，忽然收集了很多人造蝴蝶，用黏土貼住它們長長的腳針，停在玻璃隔屏上，停在牆壁和一些室內植物旁，一隻隻如幻如真，有的縮著蝶翼採蜜，有的看似微顫在振翅中，隨時就會飛走的樣子。

他開門進來時，如果姊姊不在，他就坐下來看著，看見每次都有新的蝴蝶進來，連天花板也懸空了幾隻正在飛翔。他望著那些繽紛的斑紋就會開始恍惚，覺得整個屋子就要跟著飛起來。

她把女兒出嫁後的空房打通了，找了木匠架高底板，鋪上了榻榻米的藺草香，一個人經常坐在那裡喝著白瓷裡的清酒。有一天喝醉了哭著，打電話叫他過來，才知道她有心事，說著說著卻又說遠了。

「我睡覺的時候，就會有一兩隻會偷偷飛出去，天亮才回來。」
「妳要告訴我什麼？」
「沒有生命的都會溜走，何況你家那個清惠。」
不喝酒的時候就很清醒，叫他過來午餐，一路推著剩菜到他碗裡，直到他把碗底吃乾淨才行，「我給你一把鑰匙，以後你要買便當不如來這裡，我如果有事出門，也會把要煮的菜拿出來放在水槽。」
一個星期總有幾天她不在家。他就著水喉慢慢搓洗著一葉葉的青菜，切蔥剝蒜也都難不倒，失業後有段時間，他在家裡就是這樣親自下廚的。清惠很晚起床，下來的時候剛好趕上用餐，兩個人的話題愈來愈少，大抵就是聞到了空氣中的殘味，她才抬頭罵罵抽油煙機，然後冷冷看著他。
發現她在外面有了男人，黃昏時一失神就把指頭混在青蔥裡了。
姊姊原本就不喜歡清惠，聽到他們分居一點都不訝異，上個月還特地畫了位置圖給他，催他趕快去理髮。
「我經過那家新開的小店面，剛好她在擦玻璃，裡面整理得乾乾淨淨，就像她的外表給我的印象，你看了一定喜歡，如果清惠像她就好了。」

後來被她發現又在別處新剪了頭髮，嘮叨了一番。

最近只要碰到面，就先瞧著他的頭髮是不是又夠長了。

姊姊的憂心，其實也在反射著她自己。姊夫過世後，家裡愈來愈空寂，才換了這些蝴蝶進來，看來是熱鬧有餘，連她的穿著打扮也蛻變得花花彩彩。可是明知這些都只是假蝴蝶，竟然也會擔心它們偷偷地飛走。

事實上清惠才是真正的蝴蝶飛走了，而且天亮沒有回來。

他和清惠沒有小孩。也許婚後一開始她就打算沒有。

最有可能成為小孩房的，只有他們臥室的隔壁間，再過去就是樓梯了。自從那裡面堆積著她的衣物，他就知道她根本不想懷孕，才故意放了那麼多無關的東西。

然而為什麼她一直不想要，這個疑惑常常使他莫名地恐慌起來。

只好上網偷偷查詢成功受孕的各種指示，暗自記住了她的生理期。

有時便就來到了彷彿命中注定的時間。頂著六月豔陽，摩托車從公司樓下開始一路直衝，滿頭大汗上樓，正好碰上她飯後的午休。他沖完冷水出來，來不及穿衣，像個疲憊的獵人匍匐到一個貪睡的側影裡，沒想到還是趕不上她輕輕的翻身，狡兔般地逃開了。

「來陰的喔，你在樓下熄掉摩托車的時候我就知道了。」

「清惠，我也是不得已，中午還沒吃飯……。」

自然是草草了事的光景，像一段失敗的旅途，走到一半就回頭了。

有了上次的警覺，她隨時對他防備著，連屋子裡擦肩而過都含著戒心。有時剛好算準了吉辰，只好在夜裡裝病，不到九點提早就寢，孱弱地喚她拿來冰水袋，在她面前乖乖地敷著額頭直到臉上發麻。

嗯，燒退了。他看見時機成熟，拿開了冰水袋自語著，趁勢伸手把她抓住，可惜那腰身靈巧得過度了，攪成了風中的柳枝那樣地飄晃著。

「你又來了。」她說。

他鑽出被窩時，她已溜到床的另一頭，看起來像是一雙怨偶隔空對峙著，卻又很像兩個愛侶站好了位置準備鋪床。那時他穿著內褲，而她那外商公司的灰制服還沒換下來，夠滑稽了，房裡的燈光有點亮，是有點太亮了，那畫面刺眼得直到現在還離不開腦海。

那男的闖進來，應該就是趁著彷如捉迷藏的瞬間，把她帶走了。

他記得被解雇那天晚上，竟然真的發著高燒，清惠低著臉貼住他的額頭說：「沒想到這次是真的喔。」

那是多久以來那麼接近她的眼睛，像雲層裡閃出來的星星。難得生病帶來了暖意，他一時不敢透露已經被裁員，想哭也忍住了，緊握著她的手，「清惠，沒關係，我們可以不要小孩了。」

但好像來不及了。他曾經跑到那家外商的停車場，守著對方終於發動的車子，跟了十幾座的紅綠燈，才發覺那部跑車是在跟他玩，一會兒催油加速，忽然又靠向路肩輕聲緩行，留出了最短的車距等著他。他原本可以撲上去的，卻跟著對方停了下來，只因那一瞬間他忽然明白，即使對方主動來到眼前，他也覺得自己早就被他們遠遠拋開了。

頭髮逐漸蓋住了耳朵，撥開耳翼還是垂下來，才想起了那家店。

他依著姊姊的圖示來到對街，看見裡面的兩檯座椅沒有客人，一個女的蹲在盆栽旁澆水，偶爾有車經過時，她才抬頭望著。看不清她的臉。

或者，如果看清了她的臉，秀麗而且雅致年輕，什麼都比清惠好，也不能證明清惠什麼都不好。但他還是走進去了，低著臉拔下眼鏡，她幫他擱在一塊橘色絨布上。先生要留現在的款式嗎？她說。

他點點頭，模糊地對照著鏡中模糊的臉，只知道兩隻巧手開始在他髮梢遊走，四處極度安靜，只有剪刀輕輕的聲音。也許逐漸適應了鏡子，眼前才又稍為清晰起來，浮出了一張姣好的臉。姊姊說對了。

她微躬下來，仔細剃著他頸後的寒毛時，鏡子裡自然出現了彷彿貼在他臉上的她的眼睛。他偷偷抓著扶手，兩眼閉起來，遲遲不敢睜開。

他記得有一次走進傳統市場，也是突然這樣湧起了不安。四十多歲的男人單獨買菜，難免想了太多背後的疑猜：他還很年輕不是嗎，太太那麼早就死了啊⋯⋯。大約就是這種感傷的想像最難忍受，好像不在場的清惠無端被汙辱了，而他收拾著她留下來的殘局，一邊挑著菜，一邊心疼起來。

從鏡子裡驀然感受著那雙巧手的親暱，也算是對清惠的一種冒瀆嗎？

然而閉上眼睛之後，想到的卻是如果清惠有這樣的溫柔就好了。

他頂著一頭新髮來到姊姊家時，迎面撲來的卻是一片怪異的空靜感，那數不清的蝴蝶竟然都不見了，昨天還在四處飛舞著。

聯絡上了手機，那邊的姊姊語氣淡然，說得斷字斷句，好像沒把這件事放在心裡，「蝴蝶啊，昨晚給垃圾車載走了。」

聽完才知道，姊姊暗中交往的男人，原來是個專賣蝴蝶的廠商。兩個人突然分手也是因為蝴蝶賣不好的關係，吵架後就失蹤了。

本來還想透露他去那家店理髮的事，想想還是不說了。他找到藏在櫥櫃後面的穿衣鏡仔細端詳著自己，覺得新剪的頭髮還留著那雙巧手的影子，手藝真好，她在他逃躲的假寐中不發一語，卻把他最在意的鬢角原型全都留住了。

當他鎖門離開時，還是朝著空蕩蕩的客廳多看了一眼。蝴蝶是不在了。真的會有一隻兩隻偷偷飛回來嗎？否則他或是姊姊，還有清惠也是，有誰永遠度得過夜晚的孤單。

# 六月下午的家

姊姊來過他這裡兩次，不敢進門，倚在料理店的短籬外探著頭。來的時間都在打烊的午後，他蹲在側院裡洗碗，從松樹底下植滿金露花的葉隙瞧出去，看到的只有她的半邊臉，再來就是細亮而短促的聲音，聽不仔細還以為是跳躍在枝梢裡的綠繡眼。

「妳從大門旁邊直接走進來。」清志說。

「但是老闆不是在裡面……，可以嗎？」

還是溜進來了，一直對著店內的園藝激賞著。你在這裡真好命，旁邊都是樹蔭耶，連客人用過的碗盤也要這樣款待呀。

學著他蹲下來說話，膝蓋上的大腿從短裙裡露出來。

「我看到了。」他別開臉說著。

姊姊趕緊掩住裙底站起來，「要死了。」

上上次提到的是替人挖蚵殼的阿嬤，潰爛的虎口一直沒好，舅舅卻放著不管。說完才談到她自己，老闆娘想把美髮店收掉，問她想不想頂下來。

端午節前帶了兩個粽子來，主要卻是告訴他一個大消息，媽媽突然想買房子了，以後三個人就可以不再分開。

「清志你說呢，你不能沒有自己的意見呀。」

她顯然興奮過頭了，催問得樹上的鳥語全都噤下來。他悶在心裡就是不回答，姊姊一氣之下搥著他的肩膀就回去了。

只有母親沒來過這裡，她有事都在電話裡說。習慣嗎，薪水還是萬五嗎，你也只好繼續忍耐喔，當上師傅以後這些辛苦就值得了。

去年以來，家裡就靠這支電話勉強維繫著。姊姊搬到美髮街的套房，他來這家料理店當學徒，母親也決定跟著出去謀職，退掉了租賃多年的房子，把一堆雜物全都交給環保車運到沒看到就好的地方。

昨晚打電話來的母親，果然提起了買房子的事。錢從哪裡來，他不敢問，乾脆憋著不出聲。母親以為他在聽，繼續說著她的夢想：「最好有三間房，你們姊弟都有自己的房間，剩下一間就留給阿嬤和我睡。」

聽到最後，才知道原來她是要跟他約時間地點，就在今天。

清志洗淨了碗盤，把垃圾袋收進桶子，才匆匆脫掉了白制服，推著機車到門外發動。老闆雖然同意他出門，但也再三提醒，記得四點回來擺盤，不然四點半也來不及燒炭了。這些他都知道，有錢人的習性最近都不一樣了，開好車，戴名錶，五點突然闖進來，兩三支手機擺上吧檯，先喝一碗味噌湯。

房子還沒興建，約好的地點被一大片白色的接待館覆蓋著。清志不敢騎到門口，繞進邊巷裡兜圈子，才把機車停在另一面的轉角下。路外盡是白閃閃的陽光，一個女的突然從黑色玻璃門內跑出來。

「你應該就是……，快進來啊，她們已經都在裡面等你了。」

他跟在後面，經過一片草坪，不知何處一直飄來水聲，蟬到處叫著，腳下的岩片閃著令他恍惚的光。他被帶進長廊般的大廳，眼前的高牆地面全都是冰亮的雪色，來到更寬闊的洽談區時，裡面的隔屏忽然冒出了一隻手，舉在半空中停住，只讓幾個指尖俏皮地朝他招晃著。

那隻手很白，手鍊是紫色的，他走近時才發現不是別人。第一次看她戴著墨鏡，神祕得像個假貴婦，很細的一條長鍊子亮瑩瑩地垂在胸口，隨著她的轉身微微地飄動。

他不敢相認，直到她把墨鏡摘下來，露出母親一樣的眼睛。

但他覺得這樣也好，她總算走出來了。以前父親還沒死，每天把她困在掙不開的陰影中，連趴在桌下擦著地板都有事，倒楣的時候被父親一腳踹開。

兩杯冰咖啡端來了，平板螢幕刷出了大樓的立體外觀。女業務繼續半蹲在旁邊介紹著，母親聽不懂就問，活像一個神氣的買家那般篤定逼真。

最後她微笑致意，「嗯，我們家人商量。」

一句話就遣走了對方。

清志看得有點傻眼。母親忽然是那麼灑脫自在，看著對方的眼睛說話，聲音輕柔好聽，好像剛從大風大浪回來，平靜得毫無一句高音。

她把面前的平面圖、說明書一起攏好，推過來給他，兩手疊在桌上，「清志，你不能這樣畏畏縮縮，別人會看不起我們。錢是無辜的，不要用一副窮樣子來嚇人。就算我們買不起，起碼也要見過世面。」

他抬臉四處望著，「姊姊呢？」

「姊姊、姊姊，你怎麼了，我一說話你就想轉移話題。她在裡面看樣品屋啦，現在她變得很懂事了，剛剛在參觀廚具的時候，兩隻手背在後面。」

他覺得還是在電話中說說話就好。或者就算母子兩人見面，悄悄躲著看，也比現在好。現在面對面又讓他突然沉重起來了，心裡的難過完全說不出，眼睛看著她，腦海裡便又浮現出他看過的那些影像。

像有一次在板橋車站，他看見一個男的戴著帽子，母親的手藏在那個人的大衣裡；還有一個深夜，他吃完麵騎車回宿舍，瞧見她從巷子裡的賓館走出來，對方卻是綁著一束長髮的傢伙，遠遠看去就像個三流藝術家。

姊姊終於看完了樣品屋，回來擠到他旁邊，「哇，按摩浴缸就像一艘船，前後左右還有十幾個噴頭，聽說一打開就噴出浪花，那怎麼洗澡啊，簡直是在游泳嘛，萬一死在那裡應該也很體面喔。」

母親低聲斥責。但她繼續說：「光是浴室，我要給客人洗一萬個頭。」

「那現在怎麼辦？」姊姊把身子打直了，氣氛忽然凝結下來。

「我們不能沒有自己的家。」母親說。

清志趕回料理店，聽見屋後傳來乾咳的聲音，小平台上擱著新盆栽。雖然沒有遲到，心裡還是有些不安，這時發現老闆正在拈弄著那些寶貝收藏，才稍稍鬆開一口氣。他提著竹掃把跑過去，地上的剪枝並不多，老闆叫他先擱下來。

「阿志，來看看這棵紅梅，起碼五十年了。你慢慢懂得欣賞，以後就不怕人家問你什麼叫做美感了。前幾天我說的那些話，你是不是都還記著？」

「我背起來了。欣賞盆景的時候不要靠太近，要像看著一個美女那樣隔著一層紗，從樹形、奇岩、苔蘚慢慢體會盆子裡的天與地。」

「還有呢？」

「都記住了，把每個盆景想像成一份刺身拼盤。」

「嗯，為什麼需要想像。」

「這樣做出來的刺身才有生命，上到客人面前，全都安靜下來，沒有人搶筷子，只聽得到每個人呼吸的聲音。」

清志說得不慌不亂，本來還想學著屏住呼吸，做出生動表情，卻突然覺得喉嚨噎住了，裡面好像被什麼東西噎住了。

「很好，你認真學，以後當兵回來，我還要教你國寶級的一流刀。」

清志點著頭，轉身去忙黃昏檔次的業前籌備。

然而午後洗好的碗盤，幾個被他不小心弄破了。內外場的服務生陸續到班時，發現火爐裡的木炭已經燒成了灰。廚房裡的師傅頻頻發著不小的脾氣，泡在水裡的蔬菜全都忘了撈起來瀝乾。外面一些零碎的怨言也不斷傳來，很多不該出錯的小地方都是因為阿志、阿志……。

阿志回到宿舍時，第一件事就是趕緊打電話，打給姊姊。

「姊姊，妳聽清楚，不要那麼幼稚好不好。我不要什麼鬼房子，妳叫她不要買，她根本沒有那麼多錢……。」

他覺得還是應該把話說清楚，母親的祕密實在沒辦法繼續藏在心裡。姊姊就算是姊姊，未免也太不像話了，躺在那個豪華浴室裡面就能過日子嗎？

他抓著電話不放，卻又說不出來。那邊開始惱火，罵聲傳遍了房間。

「姊姊，妳的裙子太短了。」清志後來這樣說。

# 本壘

自從答應讓她出去謀職，才知道她並沒有想像中堅強。

每天早上買菜回來時，她順便帶一份報紙。人事廣告欄到處勾著紅筆記號，寄出去的應徵函從儲備主管、會計專員，節節敗退到底層的行政助理。履歷上只剩家管背景那一欄還能填寫，未經粉飾的人生如同那些表格一樣蒼白。

半個月後她顯然有了預感，到處聯繫著親友的電話中，一個個被她連珠炮的熱情慫恿著：保險年金可以兼顧到以後的退休品質喔，而小孩呢，給他一張終身保單比什麼都重要，而且妳也要對自己好一點，有醫療照護險的話……。

上週六總算出現了回音，果然是一家保險公司的報到通知。儘管是她的最後選項，被錄用的喜悅還是流溢滿臉，加上娘家姊姊也答應陪她出門治裝，終於露出了迫不及待的神情。

「聽說手腳慢一點就買不到了，想也知道，設計師的衣服嘛。」

我沒有仔細聽，因為她在自言自語。這時卻又突然停下來，眼底是發亮的，說到一半的嘴唇好像捨不得闔起，等我離開報紙才神祕地笑著說：「但是，你知道嗎……？」

眼底不僅發亮，像隻麻雀停不下來，「你猜猜看，打幾折？」

「從妳的表情來猜，我想不會超過七折。」

「再給你猜一次，亂猜也可以。」

「既然有設計師的頭銜，不用猜了，五折就應該去買。」

「你說的喔，那我真的要去買了。」

卻沒說完，圓亮的眼睛溜了一圈，「一折啦，看你怎麼猜。」

她帶著那樣熱切的期待，提前弄好了早餐的備料，隔日要洗的衣服也晾上昏暗的陽台了。忙完回到房裡，又把從姊姊家借來的時裝雜誌捧在手上，流連著她忽然愛上的那件駝色圓領短上衣，所有的舉止彷彿都是為了一場遠行。

然而只是為了趕往一個臨時市集，聽說那裡有個拍賣名牌的衣攤。

天亮不久，我已聽見她起床梳洗並且輕快地穿好了衣服，那窸窣的聲音十分微細，大抵就是為了讓我安心沉睡的一種愛意，使得其實一夜難眠的我，不得不佯躺到她躡著腳走出房門才慢慢睜開眼睛。

這是公司放我無薪假的第三個月。剛開始幾天的慵懶中我還十分愜意，沒有體會到過了四十歲的男人忽然被迫在家，其實已經走在危機的邊緣。我還帶著妻兒跑到以前看日出的海邊，也曾在一個大型遊樂園裡過夜，最小的孩子騎在我頭上抓了滿罐的螢火蟲，老大則在畫完摩天輪後繼續彩繪他眼中的星空。

我的無能顯現在暫時的歡樂中還算適切，再來就不行了。在等待復職通知的沮喪中，聽到妻子自願走出蟄居多年的巢穴，心裡是一點感激都沒有的，我反而只是對著自己的遭遇更加惱怒起來。

我的出現可能把經理嚇呆了，幾個舊日同事也好奇地回頭看著，然而我已毫無顧忌，當眾趴在他桌上撩起汗衫，露出半年多來一直留在脊椎骨側的傷痕。

「雖然那次出差的時候受了傷，但我都沒有講，自己貼藥膏也過去了，」

我總算抓住他的視線，「你看，忍到現在，也只是為了保住這個飯碗。」

他的眉頭緊皺，沉痛地看著我，一會兒接起電話卻又愉悅地和對方哈啦著，回頭才用平緩的語氣告訴我，「又能怎樣，我可以作主就好了，何況市場越來越小，別的部門也都跟著縮編了。這樣吧，既然管理部也沒有什麼好管理的，如果你願意出去跑業務，我來幫你爭取一半的底薪。」

我走出公司大門時，聽到一些新來的菜鳥紛紛叫他副理，才知道無薪假的這段期間，他自動請求降級才把自己的工作暫時保住，而像我這種靜候通知的初老半衰之輩，公司的盤算是拖長了時間就會主動離開。

我回到住家附近的公園坐著發呆時，才真正開始恐慌起來。

這時候她竟然也在公園的站牌下車了。我隔著樹叢看到的，除了她手上多出來的黑袋子，一個女人的落寞似乎全都映在臉上，她的眼神是空的，臉頰在一片樹蔭中凹進了陰影，踩著落葉的雙腳好像其中一隻想停，由著另一隻腳拖行著，快碰到欄杆時才又併攏回來慢慢踩踏出去。

原來她穿著結婚以來不曾碰過的高跟鞋。為了上班就職，回頭把以前的撿回來了，連她現在突然流露的憂愁，應該也是在我背後才偷偷釋放的辛酸吧。

但那平常一直掛在臉上的微笑，怎麼說呢，突然不見了的笑容，到了家門口又像個魔術師轉身一變，換成滿臉的喜悅出現在孩子面前。

微笑可以擺脫困難唷，她常常這麼說著。孩子遇到考試，她會故意逗他們，有時說著說著就拿出以前的影片再放一遍。那是我在高中棒球隊擔任捕手時的錄影，由於只是片段的節錄，畫面一開始簡直就是我的特寫，由於漏接了一顆失分球而懊惱痛哭的影像。

精采的也在這裡，我一直摀著臉啜泣著，比賽被迫暫停，觀眾席不斷爆出噓聲。這時我的教練突然跑進場了，他摘下帽子朝著主審致意後，突然用他原住民特有的可愛尾腔對我大聲叫著，「不要哭，你是男子漢。」

只要看到這一幕，兩個孩子就會笑到折腰。最小的為了迎接老爸被斥責的可憐樣，每次總是提前幾秒興奮得翻滾在沙發上，算準了時間才又抬起頭來，然後緊盯著螢幕嘻嘻呵呵地誇大他的笑聲。

在那每次回顧起來猶仍充滿滑稽的笑感中，她忽然飄曳過來的眼尾卻是帶著淚光的，表面上孩子們的歡笑聲回來了，但她似乎也在傳遞著愈來愈拮据的這個家中唯一還在的疼惜。

然而此刻，卻是那麼無助地從我眼前拐過去了。

「好可惜喔，那件衣服被搶走了，去的時候都是零碼的貨底。」

「那後來挑哪一件，穿來看看。」

「這樣好嗎，我還在考慮要不要呢。」笑著走開了。

孩子們回來吃著晚餐，一個丟出了簿本繳費單，一個把他養兔子的心願又說了一遍，由於這些那些的瑣事總是來得突然，馬上打斷了衣服的話題。

一直捱到睡前，她總算把那猶豫中的衣服穿了起來。她喜歡的那件駝色上衣已經變成亮麗的粉橘，原來的圓領卻鑲著亮片，底下則是包布的紫色花釦一粒粒滾下來。

「這樣是太顯眼了，不知道姊姊為什麼一直說好。」她看著我。

在我面前，已經很久沒有這樣的試裝了。家裡沒有穿衣鏡，我彷彿就是她的眼睛，上回是三年前的一套洋裝，看完後只因為我沒有吭聲，隔天才知道她已經悄悄拿去退還。

這時我只好認真欣賞著。事實上她的蒼白是有點禁不起豔亮的顏彩，就像一個孱弱病人忽然要她穿上禮服似地；她所擔憂的顯眼或許就在這裡，否則有錢人當著居家服來糟蹋應該也是非常自然的吧。

倘若還要我直說，那麼，我對她的窄裙也是有些在意的，它把她巧小的臀彎凸顯得過度了，以致在她略為瘦癯的體態中忽然有點令人困惑起來。

然而三天後她將以這樣的姿態走出家門，拐著今天上午試穿的那雙高跟鞋，過十字路口，然後沒入龐大擁擠的現實樓群中。就算以後她慢慢學會了精明強悍，但誰知道在那冷酷較勁的人際中，她一次都不會突然地慌亂起來。

顯然她是為了接替當年那隻用來蹲捕的手套，才穿起連她自己也感到不自在的衣服吧。而那段影片中作為捕手的我，果然還是頂不住四周傳來的噓聲，彷彿正在等著她跑進球場來和我換手。

這樣的瞬間，忽然覺得自己好像把她拋棄了。

轉著圈的新衣停了下來，「如果你也不喜歡，那我明天再去找。」

「不要換了，留著也好，說不定有一天我們用得到。」

她似乎還沒聽出我心裡的掙扎。倘若我還有重新奮戰的勇氣，應該也是她那略帶惶恐的眼睛所帶來的吧，我說：「放心，我已經想一整天了，反正都是出去跑業務，我當然應該可以自己來。」

啊，這樣說著的時候，在她疑惑地脫下套裝的轉身之間，那忽然泫亮起來的淚光彷彿為了躲藏，很快就消失在裸白的背影中。然而也是因為解除了使她彆扭的衣服，才又回到家裡的依偎似地，靠在我的手臂上，很快就睡著了。

# 逆草

耶誕夜一波寒流帶來的雨，還流連在窗外一片迷濛的校園裡。她離開休息室後，回家的車子順道開進了大賣場，想著今晚冷颼颼的一面孤牆，弄一爐簡單的火鍋取暖也罷，沒想到走進生鮮食材區後，一個久違的背影忽然在人潮中閃了出來。

排隊結帳的收銀台，輪到他走上前了，正拿出籃子裡的東西一件件攤在平櫃上。她唯一的念頭就是趕快叫住他，卻隔了相當距離，促銷廣播不僅斷續喧嚷，一個個人頭也在前方浮動著。再看一眼，人縫中的這個人卻又讓她猶豫起來，除非她用力大聲喊，然而這樣好嗎，在這樣的混雜中，超出平日的聲調叫著她在心裡一直惦念著的人。

鄒寅生，他比想像中老樣了，隨便一褂粗布外衣敞著裡面的條紋衫，鬍渣好似殘雪，看起來不嫌邋遢也難，一頭灰髮還潦亂地垂散在兩邊。

那麼，就算彼此見了面，問題也來了，這瞬間怎麼拿捏適切的語氣，隨口亂說不就糟蹋了難得的相逢。過得好嗎？聽來貼心卻更陌生遙遠；家裡安頓下來了吧？想想也是白說的了……。

事實上他過得不好，憑他以前那樣地光鮮灑脫，如今提著塑膠袋排隊那是多難。排隊的人都被他堵在後面了，他似乎還在摸索著口袋裡的折價券之類的物件，找不到之後只好怏怏然取出皮夾付錢。

趕在年節購物的人潮不斷湧了進來。她把手上的食材丟到菜架，再回頭望向收銀台時，只見他已轉身出門，兩手拉出了等候在門口的一台輪椅。

輪椅上坐著當年那富泰從容的母親，如今竟然萎垂著一張臉，眼皮半闔起來，口水一串串滴在圍兜上。他拾起毛巾擦拭她嘴下的涎沫，撐開了她頭上的小布篷，然後出發了，像推著一片孤帆匆匆滑入雨海中。

趕不上他的背影，雨下得那麼淒迷，腦海裡的波浪又晃漾了起來。

她記得那個晚上趕去他家時，一樓門廳擠滿了記者，幸好她夠機伶，隨手抓著報紙像個住戶上樓回家，雖然免不了還有幾支麥克風堵在嘴角，但她一概推說不知道。妳聽過這家人貪汙的事情嗎？妳知不知道他們平常的為人？妳都不看電視報紙的嗎？不知道就是不知道。

一個佯裝修燈管的傢伙混在梯廂裡，看她按住十七樓的燈鍵，轉身說：妳來得剛好，趕快進去看看，裡面出事了，我聽到有人在哀嚎……。

輪椅推到外面的岔路時，他卻沒有轉進停車場，而是沿著斜坡滑入附近的巷子，然後巷子慢慢地消失在她眼中。整個過程像一波浪花湧來沙灘，翻兩下就把一些潦草的字跡帶走了。

她曾經喜歡他的天真坦率，或者坦率天真。也只有這些。

那久遠的暮春三月，她跟著各校學生一起靜坐在廣場。天上星光，地面燭光，背後則是獨裁者的幽靈失神黯然，好像長眠多年卻又難睡，隨便一個翻身便把廣場上的落葉紛紛捲起來又飄散了。

有人推著攤車賣包子，也有剛下課的夜校生匆匆跑來接棒；卻也有一部敞篷跑車突然疾駛而來，停在路中央。戴著墨鏡的鄒寅生，他跨在車頂上，遠遠地大聲喊著她的名字，把她民主啟蒙的初登場一下子攪亂得滿臉羞光。

她跑出靜坐區，氣怒地踢著車門，「好爛喔，你把我的臉丟盡了。」

「誰叫妳一直躲著我，原來跑到這種鬼地方。」

「大家都在追求民主改革盡一份心，你卻開跑車來鬧場。」

她轉身要走，鄒寅生拉住她，「妳知道嗎，這樣靜坐太慢了，我示威給妳看，現在就進去裡面撒一泡尿，回來的時候妳要陪我去兜風。」

說完他朝著紀念堂的方向跑，很快就沒入朦朧的夜色中。她喪氣地回到靜坐圈，時時瞟著建築物周邊的動靜，除了幾個便衣警察忽隱忽現，鄒寅生一去就消失了蹤影，那等不到主人的敞篷車直到天亮還停在路上。

後來根據他的說辭，那天晚上他無法進入前門，只好沿著側牆找機會，當他拐往另一個轉角時，他父親突然出現了，從幽暗中一把逮住他，像勒著自家的狗頸子把他拖進一台休旅車裡。

有關他的笑話從此開始到處流傳，在那少有真相的年代，任何一道消息傳來都像深刻的烙印。有人說他在國外吸大麻退學，有人親眼看見他在外面和酒女過夜，也有把他父親說成貪官汙吏的，一家人幾乎全都背上了罪名。

種種來不及辨識的傳聞中，她只知道出國念書的鄒寅生是為她回來，乖乖當完兩年兵，再混進私大校園像個小歐吉桑埋頭重來。白天他披著孤單外衣不敢多言，一到夜晚便把自己解放了，仗著父親撈到的油水四處玩樂，只有在單獨面對著她的時刻，那藏在心裡的鬱悶才有機會吐露出來。

反應快而不正確，這是她給他的評語。念到高中時，他還經常被父親罰跪在屋後的小院，每次都是她從公寓陽台偷偷吊下一瓶水，附帶一罐萬金油，讓他塗完身上的蚊患後，彷彿就有一縷輕飄飄的餘香飛上她家的樓窗。

即使後來他們搬走了，那罐萬金油卻被他藏在土甕中，像個模糊記憶唯一留下來的真情，經過一年兩年許多年，那藏起來的記憶一直留在她心裡。

廣場事件後，朋友紛紛避開他，那部跑車也被他父親轉手賤賣掉。聽說他每晚泡在酒館，也曾有人看見他獨自坐在吧檯痛哭，然後第二天若無其事地低頭走進校園。

他接過她打去的電話，突然採取一種疏漠的隔離，彷彿把她看作不同世界的親人，想要接近卻又隱含悲傷，只能在那看不見的角落緊握著話筒，默不吭聲也罷，有時不斷傳來沉鬱的嘆息。

那段沒有見面的時間超過半年，直到一樁貪瀆案突然喧騰起來。他父親出事了，捲入幾個陸續認罪的人犯中進退不得，每天忙著逃避媒體，任何一副遮頭掩面的身影都成了新聞事件。

眼看各種報導每日出現，她再試著打電話給他，傳來的卻是他家滿屋子的喧嚷，她聽見他呼吸短促，雖不說話卻已泣不成聲。

直到今天她還納悶著，鄒寅生到底想著什麼，那種事怎麼做得出來。只要認真想起，就有一股愧疚浮上心頭，當年要是多給他關懷，不像一些指指點點的朋友紛紛躲在背後，也許他就不至於那麼極端了。

她拿著報紙跑出電梯時，十七樓的大門緊閉著，電鈴聲中沒有人應門。她只好大聲喊他，半晌後鄒寅生才打開門縫探出頭來，卻是一臉未乾的血跡和瘀青，一道傷痕從他額頭延伸到了眼角邊。

他的姑姑阿姨都在，一個傭人蹲在桌下收拾著破碎的碗，地上到處摔爛的骨瓷字畫。他母親撚著佛珠坐在沙發，叫她直接坐到旁邊，「妳來了也好，看看我們家變成這樣了，地上這些破爛都是他爸爸摔的，現在自己一個人關在書房裡。」

說到一半，母親轉頭看著站在陽台的鄒寅生，「你自己進來說啊，是怎麼把你爸爸刺激到突然抓狂的？」

鄒寅生頭也不回，外面的天空盡是冬夜的暗黑。

他母親繼續說下去，撚珠的手勁急切了起來，「本來都好好的，家裡碰到了這種事，家人當然是要聚在一起商量才對啊，沒想到這不肖子不知道是在哪裡中了邪，妳相信嗎，他二話不說，直接叫他爸爸去自殺。」

佛珠停在指間，一隻手拾起紙巾拭著慢慢滾落的淚水。

她聽完也是渾身發麻，看著一地的狼藉說不出話來。從客廳望過去的書房一片寂悄，那裡的走道忽明忽暗，一盞燈在牆壁上壞掉了。

「妳勸勸他吧，就算到書房裡面跪到天亮也是應該……。」

鄒寅生後來還是默然不語。從她進來一直到她離開，他依然獨自站在陽台外，或許他知道自己闖了禍，卻也不願意進去書房表達他的懺悔。

那天晚上的最後一面從此成為無聲的告別。五年後他父親病死獄中，二十年後他推著母親的輪椅走在今天下午的雨中。而她一個人開著車子來，準備為自己的冬夜煮一爐火鍋湯。

她想起那年出事前的冬天還曾經跟他去過球場。他一路解說著揮桿要領，如何從樹林中把球救出來，如何在沙坑死裡逃生，如何準確地瞄準隨風飄逸的旗桿。

「就像我們人生一切的努力，都是為了走上這片果嶺。」他說。

他拔了幾片草葉丟到風中觀察走向。他走到洞口回測推桿的距離。然後叫她跟著蹲下來，瞧著每一道草紋生長的脈絡。

妳看，遇到順向的草，出手就要放輕，球自然會滑到洞口。

妳看，這就是逆草，和旗桿的路徑完全相反。妳說，這該怎麼辦？

「桿頭要下深一點，球才不會跑到一半就停下來。」她拍著手笑著。

然而他推過頭了。那超速的小白球滾落斜坡後，不見了蹤影。

# 妖精

到底不是真心想去的地方，車子進入縣道後忽然顛簸起來。他們的心思大概是超重了。從後照鏡看到的兩張臉，可以想像內心還在煎熬，處境各自不同，連坐姿也分開兩邊：一個用他細長的眼睛盯著後退的街景，彷彿此生再也不能回頭；一個則是雙手抱胸挺著肩膀，像個辛酸女人等待苦盡甘來，一臉熱切地張望著前方。

我載著這樣的父母親。途中雖然有些交談，負責答腔的卻是我，時不時回頭嗯喔幾聲，否則他們彼此間無聊的斷句難以連結。他們都還小。就生理特徵來說，要到垂老的腦袋覆蓋著一頭銀髮，那時的坐姿也許才會鬆緊一致，然後偎在午後的慵懶中看著地面發呆。

人的一生除非活得夠老，漸漸失去愛與恨，不然就像他們這樣了。

我們要去探望多年來母親口中的妖精。

那個女人的姊姊突然打電話來，母親不吭聲就把話筒擱下，繃著臉遞給我聽，自己守在旁邊戒備著。

「唉，真的是很不得已才這麼厚臉皮，以前讓你們困擾了，真對不起啊。但是能不能……，我人在美國，這邊下大雪啊，聽說你們那邊也是連續寒流，可是怎麼辦，我妹妹……。」

我還在清理頭緒的時候，母親卻又耐不住，很快搶走了話筒。

「啊妳要怎樣，什麼事，妳直說好了。」

對方也許又重複著一段客套話，她虎虎地聽著，隨時準備出擊的眼神中有我曾經見過的哀愁，那些數不清的夜晚她一直都是這樣把自己折磨著。

後來她減弱了，我說的是她的戒心。像一頭怒犬慢慢發覺來者良善，她開始溫婉地嗯著，嗯，嗯，嗯，是啊全世界都很冷，嗯。天氣讓她們徘徊了幾分鐘後，母親彷彿聽見了人世間的某種奧祕，她的回應突然加速，有點結巴，卻又忍不住插嘴：「什麼，妳說什麼，安養院，她住進安養院……。」

然後，那長期泡在一股悲怨中的臉孔終於鬆開了，長長地舒嘆了一口氣，整個屋子飄起了她愉悅的迴音：「是這樣啊……。」

掛上電話後，她進去廁所待了很久，出來時塞滿了鼻音，一個人來回踱在客廳裡，那時接近中午，她說：「我還要想一下，你自己去外面吃吧，這件事暫時不要說出去。」

所謂說出去的對象，當然指的是她還在怨恨中的男人，我的父親。

他是在跑業務的歲月搭上那女人而束手就擒的。他比一般幸運者提早接觸心靈的懲罰，或者說他自願從此遁入一個惡人的靈修，有空就擦地板，睡覺時分房，在家走動都用腳尖，隨時一副畏罪者的羞慚，吃東西從來沒有發出嚼動的聲音。

午飯後我從外面回來時，客廳的音樂已經流進廚房，水槽與料理台間不斷哼唱著她跟不上的節拍。她突然發現自己才是真正的女人吧，那種勝利者的喜悅似乎一時難以拿捏，釋放得有些生澀，苦苦地笑著，大概是忍住了。

父親回來後還不知道家有喜事，他一樣把快退休的公事包拿進書房，出來準備吃飯時，才知道桌上多了三樣菜和一盤提早削好的水果。在他細長的鳥眼中，這些東西如夢如幻卻又無比真實，他以謹慎的指尖托住碗底，持筷的右手卻不敢遠行，只能就著面前的一截魚尾細細挑夾。如此反覆來去，愈吃愈覺得不對勁，眼看一碗白飯已經見底，他只好輕輕擱下碗筷，不敢喝湯，像個借宿的客人急著想要躲回他的書房。

「漢忠，多吃一點。」母親說。她滑動轉盤，獅子頭到了他面前。

我沒聽錯，多年來這是第一次，母親總算叫出他的名字，那麼親暱卻又陌生，像一桶滾水倒進冰壺裡，響起令人吃驚的碎裂之音。她過去多少煎熬，此刻似乎忘得乾乾淨淨，沙啞的喉嚨也痊癒了，一出聲就是柔軟的細語。

當然，他是嚇壞了。但他表現得很好，除了稀疏的睫毛微微閃跳，我看不出他作為一個懦弱的男人，在這樣的瞬間還有什麼可以挑剔的。他把魚尾吃淨後，聽了她詭異的暗示，果然暫且不敢提前離席，委婉地夾起盤邊的一截青蔥，等著從她嘴裡聽出什麼佳音。

我聽見他激動的門牙把那截青蔥切斷了。

漢忠，還有獅子頭呢。我心裡說。

她的笑意宛如臉上爬滿的細紋，一桌子菜被她多年不見的慈顏盤據著，為了這些料理她耗盡一整個下午，我懷疑要是沒有那通電話，這些菜料不知道躲在什麼鬼地方。他們之間的恩怨讓這個家長期泡在冰櫃裡，多年前我接到兵單時，妖精事件剛爆發，家裡的聲音全都是她的控訴，男人在那種時刻通常不敢吭聲，沒想到時日一久，他卻變成這樣的父親了。

青蔥吞了進去，她的下文卻還沒出來，他只好起身添上第二碗。平常他的飯量極小，別人的一餐可以餵他兩頓，此刻若不是心存僥倖，應該不至於想要硬撐。顯然他是有所期待的，畢竟眼前的巨變確實令人傻眼。

但是別傻了，漢忠。什麼苦都吃過了，還稀罕什麼驚喜嗎，回房去吧，不然她就要開口了，除非你真的想聽，你聽了不要難過就好⋯⋯。

菜盤轉過來一隻完整的土雞，還有煎炸的海鮮餅，還有一大碗湯。

果然，她鄭重宣布了：那通電話，那個妖精，那安養院的八人房⋯⋯。

「聽說她失智了。」她舉起了脖子，非常驕傲地揚聲說。

我看見那顆獅子頭忽然塞進他嘴裡，撐得兩眼鼓脹，嘴角滴出油來。

「聽說一件冬天的衣服都沒有，我們去看看她吧。」母親說。

棉襖、長襪、毛線帽和暖暖包，一袋袋採購來的禦寒用品堆在我的駕駛座旁。一切都由她作主，昨晚那頓飯吃完她就出門了，聽說買這些東西一點都不費力，憑她當年抓姦的匆匆照面，那兩條光溜溜的肉體如今還在眼前，想也知道那妖精的胖瘦原形，肩寬腰圍一概來自那段傷心記憶，不像她自己買一枝眉筆要挑老半天。

一大早督促父親向學校請了假，接著說走就走，顯然是為了親眼目睹一個悲劇才能安心。她昨晚應該睡得不好，出門時還是一雙紅腫的眼睛，遲來的勝利使她亂了方寸，不像他吃了敗仗後投降繳械反而安定下來。

我覺得她並沒有贏。那女人是被自己的腦袋打敗的，何況那也只是記憶的混亂，說不定從此可以忘掉愛的紛擾。失智不過就是蒼天廢人武功，把一個人帶回童年的荒野，任她風吹雨淋，化成可愛精靈，再回來度過一段無知的餘生。反倒是她這個受害者還走在坎坷路上，若不是慷慨準備了一堆過冬衣物，簡直就像是押著一個男盜要來指認當年的女娼。

安養院入口有個櫃檯，父親先去辦理登記，接待員開始拿起對講機找人。

我們來到一排房子的穿廊中等待，一個照護媽媽從樓層裡跑出來，邊說邊轉頭尋著建築物的角落，「奇怪啊，剛剛還在的呀。」

母親四下張望著，廊外的花園迴灌著風，枯黃的大草地空無一人。

「喔，在那裡啦，哎喲大姊，天氣那麼冷……。」

隨著跑過去的身影，偏角有棵老樹颯颯地叫著，一個女人光著腳在那裡跳舞，遠遠看去的短髮一叢斑灰，單薄的罩衫隨風削出了纖細的肩脊。

父親跟上去了，他取出袋子裡的大襖，打開了拉鍊攤在空中，好似等著一隻鴨子走進來。那幾個乏味的舞步停曳下來時，她朝他看了很久，彷彿面對一件非常久遠的失物，慢慢搖起一張恍惚的臉。

靜靜看著這一幕的母親，轉頭瞧我一眼，幽幽笑著，「妖精也會老。」

那件棉襖是太大了，他從後面替她披上時，禁不住她一個觸電般的轉身，左肩很快又鬆溜出來，整條袖子垂到地上。

她跟著他來到穿廊，眼睛看著外面，臉上確有掩不住的風霜。但我說不出來，她身上似乎有著什麼；還有著時間過後的殘留吧，那是一股還沒褪盡的韻味，隱約藏在眉眼之間，想像得出她年輕時應該很美，或許就因為這份美才擄獲了一個混蛋吧，怎麼知道後來會這樣一無所有。

父親難免感傷起來，鼻頭一緊，簡單的介紹詞省略掉了。幾個人無言地站在風中，母親只顧盯著對方，從頭看到腳，再回到臉上，白白的瘦瘦的臉上依然沒有任何表情浮現出來。

「有沒有想起來，我們見過面了。」母親試探著說。

面對一張毫無回應的臉，在母親看來不知是喜是悲，也許很多心底話本來都想好了，譬如她要宣洩的怨恨，她無端承受的傷痕要趁這個機會排解，沒想到對手太弱了。她把手絹收進皮包，哼著鼻音走出了廊外。

我們要離開的時候，那女人不再跟隨，她總算把手穿進了袖口，牢牢地提上拉鍊，然後慢慢走進旁邊的屋舍中。然而當我把車掉頭回來時，這一瞬間我卻看到了，她忽然停下了腳步，悄悄掩在一處無人的屋角，那兩隻眼睛因著想要凝望而變得異常瑩亮，偷偷朝著我們的車窗直視過來。

長期處在荒村般的孤寂世界裡，才有那樣一雙專注的眼神吧。

我想，父親是錯過了；倘若我們生命中都有一個值得深愛的人。

# 春子

愈來愈多的陌生人。白天，夜晚，清晨醒來，一個個未經敲門直闖而入，喃喃自語地來到新手李麗的臉書裡。初讀的喜悅像盈盈泉水，幾天沒有點閱卻又氾濫成災，她下工回來一路瀏覽快滑，正想擱下不看，一個熟悉的字眼忽然迸到眼前。

指尖的按觸微微顫抖，靜夜中彷彿萬籟齊鳴。

燕。燕子的燕。一個隱匿的單音。不姓什麼，不叫什麼，真的只像一隻燕子飛過的天空，留下一抹薄雲，其餘都是空白。

好想活下去啊

她認得出這股氣息。幽怨，沒有主見，連一個句號也沒有的結尾，簡直就是燕的翻版。那麼，燕是怎麼進來的，透過朋友的朋友，經過遠方的遠方，或者燕根本不是在對她說話，只是找個某某人隨便吐訴罷了。

然而，某種特別的情感上，她還是覺得那句話針對著自己。一般人不是那種語氣，臉書莫不都是談談餐廳美食或山海佳景，即便時常附帶三兩語的心聲雜記，也都是以最美的文字示人，不至於洩露心裡過多的感傷。

這樣想著的時候，彷彿又看到那雙眼睛在黑暗中靜靜地睜開了。她要做什麼，她想怎樣，那一向自豪的長髮應該不再那麼烏亮了，應該也有一些醜態了吧。嫁得好嗎，過得幸福嗎，那個人真的如她所願嗎？

好想活下去啊？

看來是過得不好。但誰不想活下去，吶喊要給誰聽，過得好還需要這種語氣來宣示自己的存在嗎；有點悲哀，也很霸道吧，誰過得好。

李麗沒有睡，整夜一直過不去，孤單得像一大片黑色潮水不斷淹上來。她緊裹著床被，全身埋在裡面，初始只是怕冷一樣地蜷縮著，慢慢意識到床被裡面竟然握起了拳頭，好像為了讓自己好過，可以忍住突然來到的折磨。發覺還是不行，像野草蔓生的恨意畢竟還是壓不住了，一陣陣穿透了被單顫抖出來。

分手的時候也沒有這麼難忍，鎮定得很，坐在咖啡店裡看著燕一步步走下了階梯。那時她沒有制止，也知道最後的見面應該就是這樣，大致上兩個人都談過了，談過了當然就要分開了。

不就是尊重了燕的選擇，讓她好好活下去的嗎？

她把輾轉拿到的號碼撥出去，對方卻掛斷了。

那年分手後辭掉了工作，一直等不到燕的電話，她才死心換了現在的號碼。那麼，這裡面當然沒有拒接電話的問題。然而再打過去還是一樣，再後來，那邊竟然關機了。

她匆匆丟下手機，趕緊操住挖土機的搖桿，卡在頑石堆裡的怪手這才止住連連巨響的空鳴。她撤出怪手，折返另一處的底隙重新砍起，幾顆連疊的大石總算轟然一聲滾落了山溝。開路工程剛啟動不久，新來的主任整天抱著擴音器哇哇叫著，臨時指揮所設在便道旁監督看管，由不得她還有時間追蹤那個突然出現的聲音。

只能在這煙聲飛揚的荒野中，時斷時續地想起那雙眼睛。

燕的臉瘦長，五官很小，那長長的眼睛自然特別迷人。只要李麗說著話，那雙眼睛就會堅定地看著她，即使說到一半停住了，眼睛也不會移開，依然凝視著她臉上的表情；不，依然用那雙眼睛聆聽著表情，怕聽漏任何一句，愈睜愈亮且像夜空那樣安靜。

燕是高二時轉學過來的女生，比留過級的李麗小兩歲，聽說父親四處躲債，母親只好搬回了娘家。那天早晨導師安排座位時一點也不費心，沒人喜歡的位置就剩下一個，自然就是最後排的李麗靠窗而坐的右手邊。

她被迫挪開椅子上的雜物時，還不知道這張臉孔從此扭轉了她的一生。

她只知道窗外的晨光來得剛剛好，照著陌生女孩圓嫩的身軀，耳邊一朵花瓣的髮飾，白白的側臉像一道冷傲的弧線，從發亮的額下凹凸到鼻尖，鼻下卻是隱沒的唇緣，原來她正在抿著嘴，那冷傲的樣子其實看起來非常孤單。

李麗覺得這個發現唯獨自己享有，她望望前方一大片沉默的背影，心思又回到剛才的專注，再度悄悄瞥著眼角的側臉，一邊訝異著以前是怎麼度過的，窗外竟然有著那樣美好的朝陽，連一些綠繡眼都從松樹飛到草地上叫跳著。

然後她聽見了她的呼吸，那是憋了很久才傾吐出來的氣息，微渺的孤單的透明的，全班沒有人聽得出來，她聽到了。

誰欺負妳，都來跟我說。

她寫在一張紙條上，第二天偷偷夾在鄰桌的縫隙裡。

那是個細膩的開始，她在半夜寫紙條之前還洗過澡，把自己弄得香香的，準備天亮就要出去約會那樣。不然，以前跟著鄉間少年成天廝混的粗野味，一時就像多年塵垢那麼地難以撇清。只有遇到這個人的瞬間，她完全認不出自己，也忽然覺得自己無處可去。下課了，她依然坐在原位上，即使燕已經離開了教室，或者離開教室的燕遲遲沒有進來。

李麗不再留級，兩年後和燕一起畢業，分別考進由一條河水穿越了兩個縣市交界的大學。沒課的時候，不想上課的時候，李麗轉兩趟公車去找她，兩人走上河堤等待夕陽，然後依偎在深黑的電影院，或者有時一起回到室友剛好返鄉的宿舍裡。

她帶去的書一頁頁翻到後面，一個字不曾留在腦海，只等著燕忙完待繳的作業，走過來聽她傾訴寂寞的心。她開始厚著臉皮發動內心的卑微，從第一天如何暗暗地愛上，到畢業那天陷入猶如世界末日的傷悲，她獨自娓娓道來，平靜冷靜，想像一個天使忽然對著她這個乞者施捨，多給她幾次長長的擁抱，把她其實非常羞愧的裂縫暫且填滿。

無論燕是否接受她的表白，她覺得充滿等待的模糊世界依然最美，那裡面有她想要的情愫，還有一種飄忽的幸福一旦隔世就會消失。

她知道燕有一個男友，隨時帶著一本筆記用來寫詩。她看過那些無病呻吟的爛句，像個隨性求偶的獸男口吐白沫，字裡行間盡是十九世紀愛情的贗品；她相信真正的情感只有她有，超越性別的國界，像一個愛貓人永遠愛貓，沒有可說的道理，人為什麼要發明愛的道理，愛本來就沒有道理。

直到那天，燕忽然說出自己懷孕的那天，她一樣覺得毫無道理。

手機終於接通後，對方還在迷糊中，那聲音慵懶，李麗認得出來。

她毫不猶豫，直說要先見個面，「看一眼就好。」她說。

李麗趕到一間茶坊，裡面只有零星的客人。過了很久的等待，只有對街的斑馬線走來一個老婦人，遲緩地拖著碎步，這時紅綠燈已經轉換了，只好拄著傘杖站在路中間，任由一陣陣的喇叭聲從她身邊穿繞而去。

李麗緊張地摀著嘴，正想衝出去把那人攙扶過來，仔細一看卻是燕的臉。等她慢慢來到門口，才看出她頭上圍著藍紋花的包巾，本來十分白嫩的臉蛋只剩來不及遮掩的顴骨，看得一陣強烈的痛楚竄進李麗的心底。

那一幕驚悚的險境幾乎還在眼前，卻看不出她臉上有任何驚慌，也沒透露多年不見之後的歡喜，眼睛停在別處看著，自顧說了起來，「沒辦法，真不想讓妳看到我這樣，再慢幾個月見面才好吧。醫生也這麼說，他說再忍耐半年說不定就可以去爬山了。」

發覺她不只瘦在臉上，罩衫凹陷進去的皺褶裡看不見有肉的身體。從斑馬線那邊緩緩移動過來的身影，成為這樣的軀殼坐在眼前……。

然而她繼續說著，「我生病不久，丈夫就急著和我離婚了。沒想到上個月化療做到一半，突然聽說他心肌梗塞，死在情婦的床上，人生荒謬到極點了。」

說完兀自淒涼地笑著，笑得那雙眼睛終於無處可逃，掠過了李麗的臉，才回來停下來，隨著一抹苦苦的笑意慢慢閃出了淚光。
飲料送來了，冷的熱的都只能看著。燕說，好想喝一大口喔。
李麗去把車開過來，扶著她坐進去，「我帶妳去飆車，把壞細胞嚇死。」
「都已經轉移到骨頭裡面了。」
「讓我看看。」搶手探進她輕飄飄的罩衫內，被她在胸口擋下來。
兩條街後，她把她留在車上，自己跑進市場裡胡亂地挑著蔬果。很想知道病人應該吃些什麼，心裡愈急，一攤攤的食材忽然都在眼中起霧模糊。
總算有個攤販喊住她，強調今天的漁獲新鮮特別。
什麼魚都買一點，大半尾的鮪魚硬是切了一片下來。
忽然被她瞧見架子上一個零星的鋁盆，僅有的兩尾小魚躺著灰青色的側身。
「那是什麼魚？」
「春子啊，現在這個季節最好，就剩下這兩尾了。」
魚體似曾相識，果然是那麼熟悉的名字，難怪突然莫名地悸動起來。
她回到車上，一包包的食材放到後座。燕問也不問，懨懨地靠著椅背，好像停在自己的思緒裡，「我還是覺得妳好棒，聽說也會開挖土機了。我還記得剛認識的時候，妳就那麼神氣了。後來真的沒有人敢欺負我呢，妳知道嗎，我還留著……。」

她遲緩地探進罩衫口袋裡，摸著一張毛皺皺的紙條說：「每次只要開始做化療，我就拿出來多看幾眼，真好用，連死神也不敢靠近了。」

李麗開車，不知道怎麼回答。腦海裡只想著魚要怎麼煮，剛剛忘了問那個小販了。燕應該沒看過這種魚吧，是春子呢，好好聽的春天的孩子，小時候就聽過了。

# 出境

房子大得像球場，除了宴會廳和麻將間，只規畫了兩間房……。

他們的話題來到裝潢中的別墅豪宅時，富商的家宴進入了高潮。

「結婚的時候抱著睡，以後就沒有啦，兩個房間距離三十米。」

富商呵呵地笑著，夫人瞪著他搶白：「不要聽他胡扯，新房子是娶媳婦要用的。兒子就快要回美國了，正打算帶他去看看喜不喜歡。」

幾個受邀客人知道他們夫妻只是純鬥嘴，總算鬆了口氣，開始對那神祕屋宇嗯嗯啊啊地讚嘆著，空中又是一陣你來我去的杯影。

春穗直覺這頓飯淺嘗就好，吃了太多遲早會吐在回家的路上。她從裝潢現場趕過來時，酒宴已經開飲了，富商正說著他上個月在台北高鐵站的豪邁，

「春節期間根本買不到票，我靈機一動，乾脆通知車商把一部全新的賓利送來車站，讓我先開回家再說。」

有錢人的話題總是峰迴路轉，其中一個乘機談起念大學的女兒，每天光是零用錢就一萬塊，碰到名牌週年慶還要回來跟他喊窮。旁邊的胖子只好另闢蹊徑，聊起了菲律賓總統當年和他喝酒聊天的往事……。

春穗藉著工地有事想要提早離席，附在她的經理耳邊解釋著：廚具的落水管還沒接好，廠商正在等她回去把別墅大門打開。

林莉舉起酒杯說：「董事長，我的助理要先告退，這杯我替她喝了。」

「不行不行，剛才遲到，現在又要早走，小姑娘自己喝三杯。」

客眾紛紛轉身，敲邊鼓的拍起手來，有的蹙起眉頭等著好戲上場。春穗年輕又長得甜美，臉上暈著淺酌後的一抹酡紅，簡直像顆初生草莓躲在綠葉蔓草間。她想起身致歉，卻發覺桌子底下她的腳，被林莉的鞋子偷偷踩住了。

本來只想沾口小酒開溜，這時她卻故意仰起脖子，兩三口喝乾了。

存心看戲的掌聲急如一場驟雨，宴客廳頓時騷熱起來。

她舉起了第二杯。很想大罵一聲的其實是踩在她腳上的那隻鞋。

明知這是為她擋酒，但就是不喜歡林莉什麼都管，一直這樣踩著她。

約好了富商夫婦要來交屋，春穗提早來到了裝潢現場。

她把別墅大燈全都打開了，該注意的細部與使用機能，從頭到尾又巡看一遍。特別是昨晚他們一再誇耀的那兩間房，她站在穿廊中間左顧右看，一房面東，一房朝西，真的就像沉睡在天河裡的寂寞的兩顆星。

若說這樣的房間遠得太過離譜，那怎麼說呢，她和林莉的房間卻又貼得太近了，隔在她們中間的只是一道單面有櫃的木板牆，櫃面則留在林莉那邊。她們曾經玩過的一種遊戲，就是林莉隨意敲敲櫃子裡的其中一格，她便豎起耳朵來聽音辨位，說也奇怪，很快就猜出了哪個格子放著一瓶紅酒；哪個聲音經過了水晶球；或者是林莉故意把哪個角落突然清空了，她也聽得出來，直接就在自己的房間這邊大聲喊：「少騙我了啦，妳故意把東西拿走了，叫我怎麼猜。」

「前世妳一定是個聾子，現在把全世界的聲音都聽回來了。」

後來想出一道難題，「哪天我把櫃子全都貼上色紙，妳猜顏色算了。」

真的沒錯，她對顏色就是特別敏銳。喜歡每個顏色的孤寂，更喜歡任何顏色經由她的選配而充滿生命。當初前來應徵時，坐在林莉面前，坦言自己雖然只是製圖科畢業的學歷，只畫過一些簡單的施工圖，但就因為覺得枯燥無聊，才希望找個機會參與設計，尤其家居裝潢重視顏色的配搭，她直覺這方面的敏感度特別擅長。

「對顏色很敏銳，那很好啊，什麼顏色妳最喜歡？」

「紫色。」她驕傲地回答，眼睛亮起來，像個小女孩，「我喜歡紫色神祕又高貴，也帶有一種說不出的憂鬱氣質，讓我看到自己想要的天空。」

林莉做事就像那頭短髮一樣俐落豪邁，幾天後果然讓她坐上了空間規畫的討論桌，更挪出機會讓她直接聽取業主的夢想與需求。後來知道她每個月要寄錢回家，還騰出自家的雜物間，每個月的大筆房租都替她省了下來。

然而不想被她一手掌控的感覺，並非昨晚才開始，已經很久了……。

這時外面有人突然把大門推開了，進來的卻不是她約好的富商。

一個男的提著金色安全帽，溜著一雙滾輪般的眼睛看著她，「我媽一直催我過來看，哇，原來長這個樣子，果然弄得金碧輝煌。」

她不曾見過他，只知道董娘說過這個兒子，沒想到自己跑過來。

他四處瞭望了一圈，回來客廳說：「金融海嘯後，美國人這幾年窮怕了，誰還敢花這種錢。牆就是牆，素白就好，蚊子停在上面也看得清清楚楚。妳知道嗎，就像妳現在身上穿的，雖然簡單素雅，但也是很美啊。」

春穗有點茫然，不知道為什麼會說到她身上。

然後他主動問起了房間。她跟在他後面，一副打籃球的老虎背，電視上常見的單手灌籃都像他這種魁梧的身形，好像出賽前先來球場熟悉環境，說起話來充滿了權威。他推開房門，一躍翻上了床中央，兩隻大腿八開仰臥著，用自己的臂彎當起輪軸旋轉起來，兩腿像在掃射，停下來剛好對著她的臉。

「我爸這幾年光炒地皮就賺死了，開口閉口都是錢，難怪我交往的對象他都看不上眼，說什麼一定要門當戶對。當然囉，我只好每天晚上泡在夜店裡面找，不過坦白說啦，」他突然停下來，把她從頭看到腳，眼睛回到天花板上轉了一圈，「其實我只喜歡妳這種，妳的皮膚好白，有男朋友了嗎……。」

她穿過床緣去把窗簾拉開，院子裡斜出去的角落停著他的重型機車。

他忽然側彎過來，手掌支著下巴，那雙圓滾滾的眼睛火樣地亮，像一對投光燈直射而來，另一手拍著床褥說：「妳坐下來陪我聊聊嘛，反正房子我都已經看過了，我們還能做什麼。」

春穗無由地焦慮起來，來不及轉身，忽然被他搶籃板的大手攬住了。

交屋時間臨時改期，春穗接到通知時已快接近黃昏了。

來不及了。她身上裹著隨手抓來的被單，一隻手拉起剛被扯落的底褲，試著站起來穿衣。混亂中的那頂安全帽來不及帶走，邊几的檯燈倒在地毯上，整個過程像一陣西北雨暴速來去，最後她只聽見男的匆匆離去的聲音：喂，妳別哭啦，我回美國以後，一定會寫信給妳。

富豪人家的放浪公子，跨上重型機車後一溜煙不見了，錯愕與傷痛同時侵入體內，片刻間把她推入渺茫的世界。當她慢慢回復冷靜，想著應該找誰幫她控訴時，腦海裡浮現的卻是前晚桌子底下的那隻鞋，眼淚終於撲落下來。

她不知道該怎麼開口，光說出這種事就感到非常羞恥，更別說林莉受到的衝擊會有多大，除了盛怒還會感到難堪吧，甚至像個男人一樣瞧不起她。平常的生活起居都是林莉主導著她，呵護得像個姊姊，嘮叨起來像母親，出門時管她回來的時間，連她穿什麼衣服也要插上一嘴。在這樣那樣越來越難忍的日常中，發生這種事簡直就像她犯了大錯，噩耗彷彿是她自己招來的，要對林莉訴苦之前似乎還得先考慮到後果。

林莉是個隨時可以對著工人大吼大叫的強悍女人，在她面前經常卻是恍惚的樣態，時不時悄悄看著她，等她發現時，那眼神便又閃走了，像一道飄忽的凝視被迫散出餘光，看得她心裡好苦，好幾次想要問她卻又感到為難。本來什麼都好端端的，最近幾個月才發現異樣。每天的消夜都是晚歸的林莉帶回來，出門上班前還幫她弄好了早餐，最尷尬的是大白天闖進她不在的房間，很多隱密角落都被悄悄摸過了，像個粗心的母親匆匆遺漏的關懷，或許也是刻意留下一種暗示吧，有時細膩得令她吃驚。

一天晚上她們看著電視，林莉突然隨著劇情伸來一隻搭肩手，掐進她的骨頭裡也就罷了，卻是繞進頸項裡開始摩挲，越弄越深，想擺脫又怕難堪，只好繃緊了神經扭捏著，任由那種自身難以掌控的癢把她全身蔓延，直到螢幕中那煽情的畫面好不容易冷卻下來。

林莉感冒發燒那天，她進去房間幫忙拿藥端水，舉頭才發現她們玩過的那面猜物櫃早已清空了，那上面竟然呈現著玩笑中的戲言，已經換成各種貼花填滿了每個空格。不只這樣，房間裡只要有牆之處，全都拼滿了春夏秋冬的季節花，一朵朵恣野奔放的繽紛凌亂中，全都是她喜愛的紫：紫丁香，紫羅蘭，紫茉莉，紫杜鵑，紫牽牛花……。

啊，紫色……。那被紫色蹂躪過的房間，怎麼容得下此刻她突然遭受到的汙辱，林莉要是知道了這件事，一定先把這棟豪宅放火燒掉了吧。

然而面對著兩人間一樣狼狽的特異情愫，難道林莉也要燒了自己嗎？

她匆匆趕回公寓打包著行李，所有的衣物全都塞滿了皮箱，準備出門時才發覺外面其實安靜無聲，根本沒有人知道她發生了什麼，林莉卻彷彿在這個瞬間被她拋棄了，在這依然還是那麼男性的世界裡。

她停了下來，惶恐地坐在客廳等待。等待著什麼，自己也不明白。等待著未知的東西應該就不算等待吧，就像要離開時也不知道為什麼要急著離開。

# 斷層

在這荒丘野嶺，若有人前來祭墳，車子會在一陣急喘中掩入林蔭，時而冒出陡彎的坡間，然後泊在下面的三角公園，沿著唯一的狹道徒步上山。

或是鷹隼的叫聲有異，青年也聽得出來，他從高丘往下眺望，果然看見又一個邊走邊擦汗的身影。來者若是他的雇主，他便跳下去揮手，把那失焦的視線安頓在這片荒塚中，然後帶著對方踏上錯雜相連的墳路，很快就能來到獻祭的墳前。

「你看，只要草皮綿密起來，雜草就沒有放肆的空間了。」

說完，他點閱自己的成績告訴對方：墳頭的水道通暢，焚紙爐沒有殘餘去年的香灰，碑文的字跡也經他不斷擦拭後彷彿甦醒過來，小小的庭地在滿山亂墳間呈現著罕見的莊嚴。

這樣，以年計價的收費也便宜得驚人。富豪大塚一萬五，寒涼小丘僅算八千，只要清明前後預繳，隔年上墳就可以驗收。且若主人平日要來祭花，哪怕是天天上墳，也保證看得到綠草如茵，若發現衰草不興，或者芒草如林，他一概負責謝罪還錢。

聽得心動者不少，暗自替他算計，如果一年看二十個墳，也夠用了。

「十門左右，先生。」他欠身說：「死了就不值錢了。在世的通常都是清明節才帶著一把鐮刀來，看到東西就亂揮亂砍，雜草垃圾全部丟在別人的墳頭上，上完香緊接著燒紙錢，祭品收一收就趕快溜掉了。」

也有人這麼回答，「不過，活著的人也很苦啊。」

「所以我還要兼差，先生如果家裡的庭院缺人維護，也可以找我，噴藥施肥全包，剪枝造型我都沒有問題。」

「庭院喔，坦白說我連多養一隻狗都有困難。」

「沒關係，難說你不會成為大老闆。你看我的腳，大地震把我壓斷了還站在這裡，我比父母親和我哥哥幸運多了，」他遞出皺灰的名片說：「有機會的話請多幫忙介紹，我會特別優待……。」

對方納悶著，「只寫電話，你怎麼連名字都沒有？」

「叫我小李就可以，我不會拿了錢就跑，只是暫時還不需要名字。」若是閒聊的人還沒走，青年也不想耽擱，他把工具綁上機車後架，繞到墓區外圍的岔路，對準了車頭便往下俯衝，很快就穿過他家前面的一江橋。

橋邊沿線都是車籠埔斷層帶的夢魘區，他就住在齲齒般的殘缺巷弄裡。

這時兩個侄子放學回來了，已經把他們的媽媽扶起來坐在床緣。時間總是被他拿捏得非常準確。他開始洗菜備料，半個小時後就能完成簡單的晚餐，然後他去把嫂嫂抱上輪椅，她那因為半癱而羞愧無言的歉意，剛好也在這個瞬間來到他的眼前。

一九九九年深夜，沉睡的地牛翻身時毫無預警，先是埋藏深土下方的石塊相互撞擊，他因而聽見了山間傳來哭泣般的空鳴，緊接著岩塊從山巔崩落，地上的水泥梁柱應聲腰斬，房子最後才跟著倒下，像一群被處決的戰犯失血殆盡後，下意識裡找不到自己的膝蓋才跪倒下來。

他醒來後成為家中唯一的生還者；新婚妻子不算，她在那場集體舉行的鄉葬之後，攔了一部順路的工兵車逃回娘家了。

他在物資分配站拿了兩瓶水，一瓶沿路喝到大橋後方的冬瓜山，一瓶放在他父母和哥哥的墳前。幫人看墳也是那時候才開始，因為不必過度用到腳，蠻力只用在劈草的鐮刀，兩個月後他發現自己還有餘力，才把哥哥的遺孀和兩個幼兒接濟過來。

妻子回來看過他，除了離婚協議書，帶來了兩隻土雞和她父親剛收成的稻米。她一直看著他的斷腿發呆，好似期待他的褲管已經長肉回來。但他還是對她充滿感激，因為沒有太快生出小孩，否則那天晚上也跟著安息了。

看墳是他唯一的收入。除草後的空檔裡，他就會徘徊在冬瓜山巒的兩邊，一邊看去是台中大都會的高樓遠景，回頭另一邊則是自己所居的太平鄉界，他就站在斷層帶的邊緣，這道恍如噩夢的鴻溝一路往東蔓延，戳穿了東勢、霧峰、草屯、集集這些鄉鎮而留下了慘痛的傷痕。

鄰人都誇他善良，沒有跟著妻子逃離，反而留下來照顧殘破的家鄉。

他不想聽到那樣的讚美，因為自己最清楚，其實心裡無時無刻都想離開。

他沒有讀過什麼書，卻自認擁有生意頭腦，也一直希望賺到很多錢，有了錢就能自由自在，人不就是為了享有那種自由才勤奮工作的嗎？

如果看墓又能兼做生意，那應該就是這輩子最好的出路了。

他想到的念頭就是從山巒往西看去的那座城區，還專程勘查過一次，那地方空氣舒爽，人行道像森林小徑，每棵樹都穿著矮仙丹叢繞的圍裙，四處瀰漫著多重花香，連天上的雲彩都像電影裡的經典畫面那樣驚豔動人。

他向朋友借來一部小貨車，上面擺滿了田間批來的迷你盆栽，欅木、槭樹和針柏之類的樣樣都有。生意就這樣開始了，這種綠色玩物儘管有人嫌貴，也有人抱怨養不久，但只要繞進台中七期所謂的新市政中心，那些豪宅人家出手都不講價，有的只派個女傭出來挑貨，像買幾顆水果那樣隨意自然。

小貨車雖然停在隱蔽的街角，路過的警察還是猛開了幾次罰單。

「你要擺在總統府都隨你，就是不能出現在這種地方。」

他只好隨時坐在駕駛座上，把車頂帆布掀到底，盆栽鋪在後面的板架上，保持著引擎不熄火，盡量放慢速度，想走又像留戀，慢慢穿梭在禁城般的街巷裡。

這時他才相信，那些帝王般的宅邸不是只有電視上才能仰望，竟然一幢幢如夢如幻地出現在他眼前。像煙火沖天的高樓巨廈就不用說了，光是巷弄裡那些別墅就像人家說的高潮迭起，有的院子進去之後還有院子，有的斜屋頂後面還有斜屋頂，有的門面樓牆全都是黑玻璃，像陰森森的一群黑眼睛，有時糊糊地映出他的小貨車緩緩經過的投影。

有錢真好。他覺得自己穿梭在天堂和地獄之間的兩個世界裡，忙完了墓區的草皮，剩下來的便都是他到天堂叫賣盆栽的時間。尤其到處泥濘的雨天寸步難行，他更提早開來了小貨車，穿著剛洗過而且燙得直挺挺的白襯衫，隨時瞄著後照鏡檢查自己的髮型，通常這時候他就會覺得——如同警察說的，這種地方，好像自己也能乾乾淨淨地走進來了。

天際轉陰的午後，雨下不來，四周有一種喑啞的空靜感，老鷹都飛走了，氣氛不尋常的詭異。他把耳朵貼在墳草上，正搜尋著地牛是否翻身的疑訊，突然一部高輪的休旅車從狹道硬闖上來，像一陣亂流攪動了死靜的風，旁邊的竹林跟著騷動起來。

休旅車停在一棵果樹下，兩個女人下來。年輕的拿著皮包，老的戴著太陽眼鏡，她一身銀亮的洋裝在轉身間頻頻射出了閃光。

青年繼續除草，他用的是手動的大草剪，沒有油耗的壓力，剪兩下，要停就停。然而這時真想停下來呢。他偏著頭看去，多希望每個雇主都是這種貴婦，祭的一定都是大墳，花錢也不小氣，像買幾個迷你盆栽那樣隨意自然。

她們挑著好走的穿道上去，出現在另一邊的高丘時，他的視線就被一排雜木擋住了。他拾起大草剪，忖著日頭西移的時間，忽然聽見遠遠的女聲朝他喊過來。

「就是叫你啦。」那個拿皮包的說。

他從丘上橫越過去，拿皮包的望著天空說：「東邊是在哪裡？」

他指著後面一團團凌亂的遠山。

「夫人，那就對了，」她對著貴婦的背影說：「墓碑是東南向。」

「嗯，算命的真準，說他現在很孤單。難怪呀，沒有人幫他掃墓了。」

青年低頭一看，才發現自己站在一個超大的墳圍裡。這裡曾經是他經常路過踩踏之處，乍看只是爬藤蔓草一片荒蕪，沒想到下面躺著貴婦正在說的另一個人。

他趕緊跳出雜荒掩沒的磚欄，這時貴婦卻把他叫住了。他感到非常不安，她的墨鏡看不進去，只知道自己的狼狽一直被她盯著，她這種墨鏡臉如果沒有露出表情，看起來實在冷漠得嚇人。幸好她說話了，指著坡下的墳頭說：「那些看起來比較像樣的，都是你整理的嗎？」

他趕緊用力打直了彆扭的左腿，內心充滿了感激。

「明天開始，你就替我看這個墳，把它弄好看一點。」

她招手叫他過去站在身邊，指著山下亮晃晃的城區說：「你告訴我，台中現在最貴的房子是在哪裡？」

他伸手一指，覺得還不夠真誠，試著想要傾身向前，哪怕下面已是垂降的斷崖。然後為了表達由衷的感謝，他的指尖用力在空中緊緊按住了，就像那年捺下離婚印章時那樣地捨不得離開。

「嗯，沒錯，我就住在那裡，白天很漂亮，晚上卻跟這裡差不多。你知道嗎，我每天對著玻璃看著外面的街景，就像一個老人那樣，雖然沒有買過你的盆栽，起碼認得你這張臉，這樣你就知道我是怎麼過日子了。」

他帶著她們走下墳丘的時候，平日擅長的語句全都塞在嘴裡，只覺得世界真小啊，真想回頭再仔細瞧瞧她身上的貴氣，然而這時她的聲音已經追下來了，「你把這些雜草全部清理乾淨後，記得把碑文抄下來告訴我，到底是哪個妖精偷偷把他埋在這種鬼地方。」

# 女湯

年輕的女店員半跪下來，扶著她的後腳跟幫她穿鞋。她的小腳蹺在左邊大腿上，映入紅毯上的鏡子裡，形成了女店員卑屈的跪姿貼著她白白的腳趾。女店員另一隻未著地的膝蓋暈著碎紅，應該是早前服務客人時留下來的痕跡，她不免好奇正在跪著的這隻膝蓋，是否也印出了更深的瘀青。

「就挑這一雙吧，妳趕快起來。」她說。

女店員的眼睛躍出了細長的亮光，「唉呀，從這個角度看妳，真捨不得站起來呢，為什麼妳的小腿這麼好看，沒有人說過嗎？」

聽起來已不覺得這是肉麻的讚美，陸續來這裡買過幾雙鞋了，每次聽到的都是這幾句，好像就只有小腿好看吧。後來慢慢覺得這張小雀斑的臉實在可愛極了，很想乾脆說妳就叫我姊姊吧，或者也可以直接叫我青美。但一直沒有說出來，也是因為只不過買雙鞋子罷了，本來就是買了就要走了。

然而那麼大的商場裡，也只有這個小小櫥窗留得住她的腳步。逛累了要歇腳，想到的就是這個專櫃，起碼喝杯水再走。要是小雀斑剛好輪休，她也會停下來看看有沒有新款進來，只不過一口水都沒喝就直接回去了。

後來忽然想到，如果有一天真的無路可走，也許就先來小雀斑這裡哭一哭再說吧。這樣想著的時候，便又覺得自己的處境真的已經陷入迷惘中。

「妳明天真的要穿這樣的鞋子去賞雪喔？」

「嗯，不就是一雙鞋嗎。」她漫應著說。

開始和父輩男人交往，已經踩進了雪泥，還怕什麼這樣那樣的鞋子。

那時做直銷的同學媽媽帶她參加一個露天舞會，她不會跳舞，端著雞尾酒晃到水池邊看著大群的游魚四處擺尾，男人從後面走來，顯然不懷好意，放著舞池那邊的客人溜到了這邊的草地上。

他告訴她如果那麼喜歡看魚，他可以給她一個驚喜。說著打開手機一按，庭園裡那棟建築的閣樓上忽然亮出一個金箔色的廳間，一條巨大的錦鯉穿著金身聳立在台子上，四周幻射著流麗的光影，旁邊露台的水牆同時響起了湍流的樂音，霎時像一座炫麗的天堂吸走了舞會裡的目光。

她並不覺得好看，錢太多才有這樣的男人，像隻烏鴉穿著燕尾服，怎麼看都是老鳥的把戲。但她願意為他拍手叫好，拍得像個賤人一樣地假正經，手上的高腳杯晃著酒液，那湍流而來的水聲一波波灌入她的腦海。

一個月後同學的媽媽說：「我只想要妳做我的下線，妳卻飛上去了。」聽到消息的人也都摀著嘴，「不可能啊，我才不相信妳會這樣。」

像一場籃球賽來到中途，字幕打出65:30，觀眾退到出口處觀望著。那是相處多年的男友翻臉就走的期間，若不是兩人的戀情不夠深，那就是太深了，深到深處變成海，禁不起一波浪花就把所謂的愛情捲走了。

她就這樣接受了懸殊的比數，停在場中央，決定輸到底就不費力了。然而只要想到每次買鞋竟不是為了穿來走路，而是潛意識裡想要換掉自己的兩隻腳，便覺得這樣的衝動真是有點悲哀。

鞋子畢竟是用來走路的，大概是非常討厭著自己才有這樣的幻覺吧。

他要來她的住處之前，會先約在餐廳吃飯，兩人中間點著燭光。任何話題都是他帶頭，說到無話時就拿著紅酒杯再度輕搖慢轉，醞釀了一圈小小的漩渦，然後優雅地聞了再聞，露出無聲的唇語加以讚嘆，最後才把他說膩了的整個法國葡萄園倒進肚子裡。

大約就是喝到了微醺才準備動身，來到她的房間就不再優雅了，有時還要吞藥配酒，要求她幫忙寬衣解帶，領巾拔掉後的火雞脖子瞬間露出無比滄桑。然後她暗自計算時間，那顆藥丸剛滑進食道，到達他的胃還要溶解，再經由大腦、血管們竊竊私語一番，起碼也要九彎十八拐，多像高山的寒夜煮一鍋水，幾顆流星劃過天際之後還是等不到水開。

她只好幫忙踩油門，圈著兩手把他的脖子攬進來，兩人叉開大腿對坐著，然後開始扯他汗衫，想辦法掏出他靈魂裡面是否還有真情，等他火燙起來，配上她連番的嗲聲娘叫，這時才有機會把自己的心事說明白。

「妳急什麼啦，我的腳扭到了。」

「急著你說的結婚嘛，一拖再拖，你要騙我多久。」

她抱著他順勢往後躺，覺得剛吃飽飯的老男人也是很重喲，把她實在不很大的乳房擠壓得如同麵皮一般。為了撩起他的激情，她彎著頸子又親又咬，滿嘴都是陳皮的味道，嚥下一口雜汁後，忽然想到以後要是被他玩膩了，這種吃藥男鐵定只是對事不對人，到時候還能憑什麼抓住他的花心。

她曾經搜刮各種名牌香水像買飲料解渴，來到鑽戒名店也是一戴兩款，急著想把他給的無限卡刷爆，這樣才知道自己的身價到底值多少。沒料到小小一張卡片那麼神奇，一次次替她打敗了天價，好像要去天堂都可以通關。

測試到後來，反而陷入了恐慌，覺得雖然他不限制她的額度，應該也能隨時讓她連十塊錢都刷不出來。

何況這陣子開始嫌她不夠大方了，小家碧玉，小鼻子小眼睛。幸好他老婆在她之前就走了，否則她連身分都小，小得只配得上一隻狐狸精。

他規定她要走出去，穿開衩禮服袒露大腿，走進宴會廳還要記得微笑，那種雍容華貴可以讓人知道她每晚幸福美滿。他還介紹了一群富商太太，把她丟進珠光寶氣的凡人禁區，一個個拉皮割眼再紋兩道慈眉，活像三十年歲月的無情追憶紛紛呈現在她眼前。

她只好跟著她們往來，學她們掛著大腿坐在酒吧聊天，瞄著一對對剛搭訕的陌生肩膀游入舞池，點燃的香煙夾在紅蔻丹的指間。這種樂子很像她討厭的法式料理那樣假惺惺，既要矜持還要大方，一旦風騷起來卻又旁若無人，摟來抱去的身影映著舞池的多彩幻光，一曲終了回到自己的座位時，才又繼續飄出一縷兩縷的寂寞目光。

明天要去的日本東北，便是她們的主意，要在白皚皚的雪地唱歌跨年。她們說她年紀最輕又漂亮，要她到時候帶頭舉著印有貴婦團徽的三角旗。

「反正過年嘛，大家邊走邊玩，回到以前年輕的樣子多好啊。」

委屈的當然就是剛買的這雙鞋了，擺明就是要把自己踩爛了似地。可是認真一想，也許這樣才符合那個65的期望吧，如果他來日不多，應該也想把她拖下水，否則不會放任她把自己打扮得像隻蝴蝶亂飛。

十二人組的貴婦團，找了一個在日本打工念書的帥哥當導遊。

從機場出來後，看得到的地方早已覆蓋著雪，窗外的仙台市只有高高低低的白屋頂。年輕人負責翻譯，他和日籍司機討論著車程，巴士走一陣就停下來，停滯的快車道上只有鏟雪車遲緩移動的聲影。

「我就說嘛，過年又下大雪，實在不應該硬闖這種地方。」

「沒辦法，團大姊的主意，誰叫她明天過生日。」

青美聽到的都是鄰座的耳語，但她不敢接腔，很怕聊進去就走不開了。她們的話題都是她沒聽過的，豪奢的鬼主意特別多，以後的自己也會成為這樣的婦人吧，急著要把什麼都抓住，越急越顯露著一種老樣的孤單。

車子滑入即將打烊的一家小店邊坡下，遠近已經看不到行人，小賣店瞬間熱鬧起來。導遊幫著店家把火爐打開了，每人捧著一碗熱湯取暖，雪花一直在窗外飄飛如雨，遠處的白樹林光禿禿地哆嗦在暮色裡。

年輕人建議把預訂的房間延後，既然路到不了，就近投宿比較可靠。

大家一陣說好，青美也覺得去哪裡都一樣，反正都是雪。

管錢的大姊說：「那就不急了，我們找個火鍋店來圍爐過年。」

有人抱怨起來，「也只有火鍋了，東北的生魚片現在誰敢吃。」

「要嘛就去東京。」旁邊附和著。

傳到了團大姊耳裡，叫來了導遊，「你馬上聯絡，給我把東京最好的生魚片叫過來，不要跟我說價錢。」

黃昏過後，車子還在仙台附近的宮城縣境裡繞路徘徊。她們就近投宿到一家溫泉飯店時，用餐都嫌晚了，一夥人顧不得飢餓，紛紛跳進了露天湯池，沒有外客的溫泉大廊頓時烘烘然一片溫香。

迎接新年的日本人聚在圍籬外的溪床燒起了柴火，笑鬧著她們聽不懂的日語，大概玩起雪仗來了，幾坨白色的泥花啪的一聲裹在籬笆的松枝上。九點過後外面才安靜下來，沒想到重頭戲緊接著開始，地面上突然響起引信嘶燒的聲音，一串串金光銀劍霎時衝上了夜空。

「哇，大姊，他們放煙火慶祝妳的生日呢。」

空中爆開的花雨慢慢落下來時，湯煙裡卻突然靜寂下來。

青美朝著沉默的角落看去，每個人也都停下來了，只見團大姊毫不掩飾地啜泣著，她的兩隻腳慢慢划過湯池，然後爬上雪光映照的池台，那垂落的乳袋隨著哭聲不停地晃盪著。

「那隻狐狸精的生日也沒這麼隆重吧，果然是我賺到了。」她伸開雙手想要抱住什麼，仰起了脖子對著劈哩啪啦的煙火說：「妳們也趕快上來啊，這輩子誰有機會這樣脫光光的過新年……。」

十幾個裸身嬉笑著爬上平台，滿天的煙花像一隻隻漂浮的傘影落下來。

坐在池底的青美望著那些寂寞背影，想起剛買的鞋子還藏在皮箱裡。

# 小婦人

事發之前總該有些徵兆，可惜沒有看出來。

看電影的時候照樣牽她的手，故事情節來到動人之處還捺壓著她的手心；旅途景點即便看起來平庸無趣，也要攔著路人替他們拍一張親暱的合影；更別說彼此捉摸得到的床事，主動又機伶，從頭到腳流洩著狂熱的汗水，像條河鰻翻滾在滑膩的泥流中。

從他身上看到的盡是奶油般的熱情，死也不信他有什麼異常。要說結婚以來總有什麼小抱怨，倒不是沒有，反正就是嫌他每天上班後，時間過得太慢了；吃過午飯便開始等他回來，匆匆出門買花也在等他回來，叫住了路過的菜販秤斤論兩一番彷彿也是為了等他回來。

推車小販來到了門前，熱豆花的木桶蓋猛一掀開，騰出的熱煙也就熏她兩眼那樣的一瞬間，她已容不得一點點恍神造成的短暫分心，馬上跑到玄關探看一眼，確認他並沒那麼巧就回到家，才又走出來取回那碗勺好了的豆花。

這樣，如何禁得起忽然從他嘴裡爆出來的離婚語意。

五天四夜的出差剛回來，匆匆盥洗後裹著浴衣囁嚅著，起初還以為他又想到什麼詭計用來助興，她開著小燈躺在床上，只顧噘著濕潤的嘴唇朝他望著，一邊還把兩隻害羞的大腿剛闔起來又撐開了。

原來都是真的。

從天堂掉到地獄像一趟自由落體那般快速恐怖，也像她養過的一種木槿花，天沒亮就急著綻露花唇，萎垂下來時還不到黃昏。總覺得婚禮的爆竹還在夢境中縈繞著尾音，愛情還是一條迤邐的風光小路，沿途那些鼓掌叫好的祝福言猶在耳，不料走沒幾步突然下起雨來。

啊，只顧愛戀著肉體上的纏綿，忘了那裡面原來還有一顆隱密的心，不知道它的騷動是從何時開始的，躺在他臂彎裡熟睡時，也許它已經撒野去了。以前從沒注意過的細微之事，如今回想起來才發現很多地方充滿了暗示，等到他認真說起話來，聽到的已經變成了結語，「我看我們……就到這裡吧。」

喔，就到這裡……，彷彿搭車來到一個荒郊岔路，窗外四野茫茫，迷路的司機乾脆把她丟在暮色裡了。事情來得突然，腦海裡還在迷惘，想哭卻又來不及悲傷，眼淚流到一半就風乾了。既然碰到這種事，還真希望他說得更明白，譬如說：啊我弄錯了，真對不起，原來我愛的並不是妳……。

「對方比我好嗎？」

「沒有對方。」

「一定要有。」

丈夫漲紅著臉，好像被她說穿了，蒙上被子靜默下來。

她也被自己的聲音嚇了一跳。然而這不就是一個男人花心的定律嗎，總要有個對方比她強，不然憑什麼要無故把她丟下來。那女人至少應該生得一副情人樣，俏麗高䠷，什麼地方都美，短裙掩不住大腿，屁股翹翹的，胸前擠著兩坨大奶，還勾著一雙迷魂眼呢。男人的外遇若總是離不開這樣的選項，那麼，接下來還敢想像對方有多麼妖豔動人嗎？

她把看得到的碗盤全都摔得稀爛後，原以為丈夫會來接收這樣的殘局，結果一轉身就出門了，大抵就是已經鐵了心，才鎮定得沒把她的狂亂看在眼裡。接下來她就不知道應該怎麼做了，一把怨火燒得又快又急，反而招來了鄰人窸窸窣窣的聲影，平日的恩愛都被看成了笑話，錯的明明就是對方，她卻要負責承擔，像個小怨婦楚楚可憐地暴露在眾人面前。

這段時間她最怕鏡子，鏡子好端端地，看進去卻像鬼，就算不是一般的蓬頭垢面，但她眉頭深鎖，形色蒼衰，紅顏變成了醜婦，只因為以前沒見過男人的世面，一掉下去竟然就是深淵。

終於想到了死。

死亡這件事，母親的體會最深。過來人的母親最後卻活過來了。

從她有記憶開始，母親沒有一日好過，累完一整天家事，有時便就突然撫著胸口恐慌起來，顫著一臉蠟黃扳著樓梯扶手下來，躺在以前阿嬤用來午睡的榻榻米上，然後衰弱地叫著：阿惠啊，妳打開右手邊那個抽屜，有一塊白布用報紙蓋著，把它拿過來。

母親用這樣的方式，躺在大廳裡等死。

白布只是備用的。母親說：「妳別問那麼多，如果我昏睡後叫不起來，真的斷氣了，妳就用這塊布從我的頭頂蓋到嘴巴，這樣才不會嚇到人。」

她陪著母親開始等待。不記得自己是否哭著，只知道自己很重要，一直盯著母親胸前起伏的徵兆，再來就是那雙緊閉的眼睛。還沒死的眼睛騙不了人，它細瞇瞇地抖跳著，她等得不耐煩只好朝著它吹氣，吹得母親終於醒來，明白了一切無恙，才又拖著病體回去樓上忙她那些瑣碎的日常。

母親的預感強烈來襲的那一次，提前穿上了平常最愛的洋裝，慌亂中拿著脂粉亂拍，拍得一邊臉頰特別紅，另一邊就顯得有些蒼白，躺下來的樣子像個粗心的老新娘。

然後抓著她說：「阿惠，這次是真的，妳可以去通知了。」

她被嚇哭了，跑到工廠找不到父親，只好回頭去外公家狂喊，沒多久來了十幾個大人，凌亂的腳步聲霎然停在門口，然後一個個低著頭進來致哀，剛好站了一圈，把榻榻米上的母親圍了起來。

然而就在這個瞬間，母親的眼睛卻又細瞇瞇地睜開了。

滿臉哭喪的舅舅，這時轉眼間拭去了臉上的殘淚，開始難聽地斥罵著。

等到眾人散去，母親才摟著她說：「媽媽不是故意的，死真的很難喲。」

奇怪的是自從那次之後，母親的預感從此不再來。她的身體忽然變好了，說話不再輕聲細語，吃飯時大口鼓著兩腮，還刻意對著父親聳起肩膀，像一頭毛敞敞的母獅準備撲上去咬住他。

後來才知道，母親的病來自外面一個女人帶來的陰霾。所謂的頭痛，腿軟，暈眩嘔吐胸口疼，說穿了就是被背叛的微妙感應，一直到終於打聽出父親有個神祕的巢穴，才發現對抗一個狐狸精要比打敗病魔有趣多了。

一天下午，母親決定突擊那個地方，那裡只有一條田埂鋪展出來的柏油路，母親把她拉到路口叮嚀著，「妳就站在這裡等，只要看到有人從裡面跑出來，妳就記住她的臉，這麼簡單的事沒有什麼好怕的。」

交代清楚後，母親聳起雄壯的背影，朝著那間神祕小屋衝了進去。

那女人後來被母親抓到了，然而父親從此沒有回家。

她覺得母親只做對了一半。沒錯，對象要弄清楚，但沒必要拿著落伍的戰術到處盯人，那多委屈，失寵也就罷了，吃了虧還帶著相機去留下別人的春光。

母親那天就是這樣，半夜裡還悄悄下了床，就著牆角的小燈把那些罪證一張張拿出來瀏覽，像個收藏家挑三揀四，然後再慢慢夾入相簿裡，那動作又鈍又傻，明明已經被拋棄了，還把那些見不得人的醜態當作自己的珍藏。

母親走了那麼長的冤枉路，最後得到了什麼，她都看到了。

如今自己碰到同樣的事，總算知道與其每天等死，不如把假惺惺的愛情趕快葬送掉還來得稱心。何況他已表明了分手的念頭，跟在他後面跑去圍剿那就不必了。她直接要他供出實情，不說就不吃不睡，寧願把自己折騰一番，也要他親口說出自己是多麼骯髒。

煎熬幾天下來，終於攻破了他的心防。承認的時候還真情流露呢，說著說著竟然哭了起來，乍看還以為那是一個男人純真的懺悔，沒想到那淚水並不是為她流，大概只是因為被她逼到盡頭，情急之下只好出賣了對方，卻又覺得捨不得，才哭得那麼傷心吧，說出對方名字的時候好像心都碎了。

「把她約出來，我要和她見一面。」

「可以不要嗎，妳要做什麼？」

「不做什麼，我只想要眼見為憑，至少要弄清楚你是為了她才不要我，別說你既不要她也不要我，那我不是更悲哀嗎？」

她刻意早到半小時，咖啡館的午後特別冷清，窗角下的位子剛好看得到外面有誰進來。她願意這樣等待，親眼看著一雙可怕的鞋子走進來，用心仔細聽那種橫刀奪愛的腳步聲，這女人要是夠勇敢，那就說來聽聽吧，怎麼愛上他的，他那麼狠心還能那麼迷人嗎？未來有什麼打算，如果她不放人呢？以後是不是還要繼續躲躲藏藏……。

這樣想著的時候，約定的時間慢慢過去了，這時突然看見他匆匆跑了進來，滿臉淌著汗，急著解釋對方為什麼沒來，一副氣急敗壞的支吾，越看越不像以前攔著路人也要留下一張合照的丈夫。

然而也真奇妙，對方越是遲遲不敢出現，反而覺得自己做對了。

「嗯，是路上塞車嗎？」

「是這樣，她說她很慚愧，不應該……。」

「你是說她已經不要你了？」

「阿惠，對不起，我們回家再說。」

「你看起來好難過，你的心根本不在我這裡，去通知她吧。」

「哦，妳說什麼，通知什麼，我聽不懂……。」

「娶她回來呀，我不為難你們，何況你已經對我坦白。」

疑惑中的臉，還是不知所措地漲紅著，已經不是她最熟悉的人。

「我在說什麼，你好像沒有聽清楚，」她喝下最後一口咖啡，苦澀的滋味含在嘴裡，「別人喜歡的，我就不要了。」

一直強忍著不哭，果然沒有哭出來。只是這時的窗外忽然迷濛起來，彷彿看得見自己的小腿還在那年的馬路上飛奔，喊著爸爸的童音卻是有點沙啞了。

爸爸，爸爸，媽媽叫我來通知你呀……。

母親對死亡的預感從來都是錯的，受創的女人在那年代也許只能求助於同情，表面上從那種滄桑中走過來了，留在心裡的卻是一大塊的空白。母親如今雖然活著，卻因為還在等待吧，總比任何人顯得特別孤單。

# 無曲

敬啟者

羅先生，我是葳葳花店的小廖，也就是那倒楣的𨑨腳耶啦。

現在寄給你的錢已經扣掉郵資，數字應該沒錯，請你查收確認，而且千萬不要回信，我希望這件事就到此為止。

但想來想去，我還是有些話要奉勸你，做人最好不要這樣。

你就讓我把這件事從頭說一遍吧，不然以後你還會放在心裡嗎？

我把你訂購的花籃送去喪家那裡，他們拒收還擺出臭臉，這種事我自認倒楣，沒想到回到店裡又挨老闆娘一頓罵，以為我偷懶才又載回來。

後來又要通知你把花款領回，做生意啊，本來以為這樣也就過去了。

沒想到告別式那天，我趕送最後一批花圈卻還是碰到你。你是怎麼了，看我掰腳就好欺負嗎，纏著我不放，非要我替你把奠儀轉交不可，而且一轉頭就溜掉了。我拿到門口，他們不僅嚴詞拒絕，竟然還罵三字經，就算罵的不是我，也是很冤了，當場就吵了起來，這時我才知道原來被你耍了。

人家不收你的錢，那我怎麼辦，家祭剛做完，公祭又要開始了，我總不能傻傻的站著那裡，讓那些哭紅了的眼睛一直瞪著我。

在那轉場的小小空檔裡，我只好硬著頭皮溜進去找未亡人，反正她再怎麼傷心也是一家之主了，我是這麼想的。她認出我是花店來的，坦白說還算和善，沒想到等我遞上你的奠儀，她馬上翻臉大怒，就像拿到催命符那樣直接甩在我臉上。我從地上撿起來時，她已經走入靜穆的式場中。

有過上次挨罵的經驗後，我回到店裡當然不敢聲張，但總不能一直把白包藏在口袋裡。打電話請你拿回去，嘴巴說好，一拖半個月，再打過去你卻乾脆不接了。

你知道嗎，每晚我睡不好都是因為這包錢。我看你是把我當作喪家了，以為只要把錢放在我這裡，你就會比較安心嗎？

我不想知道你和死者的恩怨，或是和未亡人有什麼事還在牽扯。任何人死後就像一棵樹頭突然腰斬，旁邊的藤類一時無依無靠，當然只好相互糾纏，既不想死在一起，也不讓他枝隨便攀越，這種只有生者才能體會的荒謬，其實我已經看多了。

在這情景下，你這個白包顯然勾起太多傷痛，難怪把他們惹毛了。但我還是要讓你放心，現在寄給你的錢，每一張都是乾淨的。

為了避免你把白包退回來給我惹出麻煩，我已專程跑到郵局把它存進去，第二天再把不同的鈔票領出來。所以你根本不必忌諱，這些錢經過如此一番的轉換，已經和喪家那邊完全無關了。

你知道我的意思了嗎，寧願用你眼中的衰錢來汙染我自己的戶頭，就是想把這件事做個了結。做人不過就是這麼簡單，人要是比鈔票骯髒那還配當人嗎？所以，請你點收後安心放進口袋裡，要捐給孤兒院也可以，但就是拜託你千萬不要登門道謝，最好從今以後你也不來我們這裡買花了。

何況我也不認為買花一定要送人，除非對方真的是你非常深愛的人。

小顧，謝謝關心啦，你寫那麼多字來，可惜我已不是以前的康哥了。那天讓你看到我這模樣，你一定快崩潰了吧。啊，實在糊塗，碰到伯母這種事，我還說這個。但願她原諒，也祈求她在天之靈永遠得到安息。

我相信你能體會我心裡是多麼難過。從小我就沒有母親，你們還沒搬走那幾年，伯母對我多好，我們從外面野回來時，你吃什麼，我就跟著吃什麼。她做的豬油麵線就是好吃，你多大碗的麵線我都注意著，因為我碗裡的總是比你的還要多。

你所問的靈堂花山品種，我想大致都離不開菊花百合，其實鮮度夠就好，我已經和禮儀社打過招呼了，也爭取到眾花拱月的擺置密度，相信伯母的遺照周邊到時候一定會特別肅穆莊嚴。

至於你說，光是為了選用哪張遺照，大家爭論到變成仇人，除了妯娌間的嫌隙乘機一次爆發，連子女們講話溝通都得靠一本聯絡簿來留言。唉，這怎麼說，要我坦白說嗎，我曾見過一個大家族在治喪期間是鴉雀無聲的，每個孝子各自打著簡訊傳話，明明對象就是坐在旁邊的親人。

就我所學，我覺得照片上有笑容就好。

胖瘦應該不那麼重要，入土以後不都是人人一樣的嗎？

若是擔心遺照珠光寶氣，會引起閒雜之人覬覦，也想太多了。

所以囉，大家為了陪葬多少黃金珠寶吵翻天，實在也是人類才有的愚行。想想以後還要開棺拾骨，那時懷念的人早已歸天成佛，徒留這些天堂的違禁品，只是再次引起子孫們演出另類的搶孤戲碼罷了。

真的，有笑容就好。媽媽生前最喜歡哪一張，就放哪一張。我曾看過喪家因為找不到有笑容的遺照而愧疚大哭的。當然也有人的遺照笑得黃板牙翹翻天，而讓孤哀子們一直猶豫不決。當我們突然面臨死別的傷痛，混亂中卻還要回想逝者曾否留下笑容，不就表示以前早就被我們遺棄了嗎？

可想而知，笑是那麼的重要，拍照的人按快門時總不忘歪嘴斜眼叫大家笑一個。小時候家父常常把我打得半死，我一想到打完就有飯吃，每次都還裝出死也要被打的從容氣概。可是等我盛好了飯，卻又突然被他揮著棍條擋下來，家父莫名的對我大聲咆哮著：笑、笑、笑，不笑就像在吃死人飯。

那時我要是沒有破涕為笑，早就死在那滿臉飢餓的淚水中了。我想，我們活在世上簡直也是為了一個笑容而奔走吧，何況伯母現在是要上天堂。

小顧，你就不要傷心了。等我把前幾天被你看到的這條爛腿弄好，那時我們就好好聚一聚，醫生說只要再開一次刀應該就有希望了。

但你知道嗎？最近我卻又開始猶豫起來，萬一我真的可以健步如飛，肯定不再願意接受花店的使喚。然而那時我又能去哪裡安身，這些年來我受到的打擊是說不完的，反正我再也不是你以前崇拜的康哥了。

松鼠，或小老鼠，對不起，我真的忘了以前大家怎麼喊你。

我也確實很不願意被你認出來。通常我都戴著很深的帽子，以為這樣就可以成為一個沒有臉的人，好死不死你還是那副愛作弊的賊臉，偏要在路邊半蹲下來左瞧右看，終於被你抓住了逃避的眼睛。

「啊，你怎麼在做這個？」

我不怪你那麼直坦，總比有人在背後說「他怎麼在做那個」來得好。

你倒是沒問到我的腿，很丟臉不是嗎。直說好了，我老爸中風沒人管，我只好決定收山回家，那天晚上行李都收拾好了，睡夢中卻突然有人闖進來，右大腿就像砍甘蔗那樣喀的一聲被打斷了。其實全都打斷也好，還可以每天坐在輪椅上，他們黑道的就是這樣聰明，故意讓我留下一條腿，擺明讓我一輩子瘸給別人看，從此果然吃盡了進退兩難的辛酸。

當然，寫這封信並不是聊腿的，是你突然問起那個遠房小表妹，你竟然認為當年是我把她拋棄的。回來後我越想越難過，也不知道後來她到底過得好不好，如果不太好也應該比我好吧，上天應該多給她一些吧，否則就算這輩子我能給她什麼，也已經不是現在的我可以做到的了。想到這裡我終於大哭起來，哭得無助得像一個廢物，等到冷靜下來時，才想到還是應該把那件事說出來。

斷腿那年我們還在一起，我拄著拐杖，她揹著吉他，兩個人常常拐進夜晚的體育場，那裡的空曠適合她練歌，就算有人在裡面慢跑也不會干擾。

那天她練〈秋蟬〉，自彈自唱。我從那一陣陣激越的嗓音中，聽得出她急著想去台北參加唱片錄音的心情。

聽我把春水叫寒，聽我把春水叫寒，聽我把春水叫……。

你知道我在說什麼嗎，光是為了修正她的起音，我們忙了半個晚上。

起初她很專注，我喊停她就重來，嘴巴小小的，聲音卻那麼鏗鏘，指間的和弦都被她的聲音嚇跑了。我心裡想，回去當妳的護士還對社會貧弱比較有幫助吧。但我其實不忍心潑她冷水，吉他揹了兩趟公車才來的，光是這樣就很了不起了。

「聽我把……，聽我把……，有沒有，妳再試試，反正聲音剛進來要輕，起音很重要，要慢慢醞釀，才聽得出細訴的味道。」

我不知道她為什麼老是唱成悲傷的進行曲。一個小時後，她的眼淚突然流下來，那六條弦被她狠刮了一聲，然後悻悻然走出看台。我心裡一急，朝著她黯淡的背影喊著，「不要像一隻麻雀唱情歌。」

沒想到她也火大了，竟然對著體育場大叫，「你才是傲慢大睪丸。」

那天晚上就這樣而已。那時多年輕，幾句話就把愛情說破了。

但是我錯了嗎？人的一生或者命運，哪怕只是一首小詩，起音不是都很重要嗎？就像當初我走錯路，活該現在剩下一條腿，找工作時面試官看到這條爛腿就先上他的廁所才回座，然後盯著輕飄飄的褲管說話，三言兩語就叫我回家靜候通知。

我當然還是愛著她的，我們那種爭吵未免也太不值，竟然只為了一首歌。

每當我扛著花圈花籃，聽見那些悲傷的屋簷又傳來忽高忽低的哭喊，我的思緒馬上亂成一團。如果有一天突然沒有聽到那些哭聲，我想應該就是我又把飯碗搞丟了吧。但是哭也要有哭的節奏啊，要是每個人哭得像念經，不就是有聲無調嗎？那天晚上我想表達的，其實也是這個意思，可惜我們從此卡在那句歌詞裡，那首曲子終究沒有機會完整地唱出來。

我當然沒有結婚，幾歲了，你在開玩笑嗎？

工作倒是可以勝任，我的臂力變強了，似乎沒有腿也能過著勇健的人生，缺點只是沉重的花圈經常因為跛行而在空中起伏，就像一艘破船在風中飄搖著那樣。不過放心啦，每次我給朋友的回信中，免不了最後都要強調一句「請不要掛念」，可見我在你們、他們的眼中有多慘。

不過說真的，真的，請你不要掛念。

# 買

坐在律師席翻閱著卷宗時，您總是固定穿著雪白襯衫，深灰色的長褲搭配著一件薄外套，偶然抬起頭對著燈光時，才隱約看得出臉上的蒼白，您一定是很累了，在追求正義的道路上。

一個常來旁聽的法律系女學生，為了一篇即將在校刊發表的隨身報導，當著他的面描述著這樣的光景。

大約是觀察了很久，卻過於瑣碎，連他的穿著也成了撰述的範圍。

退庭後出來，女學生還沒走，捧著筆記本堵在他面前。她後面跟著幾個低年級的學弟妹們，看來略為羞澀，顯然期待著學姊替他們說些仰慕的話，以致她刻意提高的嗓音連路過的庭丁都聽見了。

「我們統計了最近一年的資料，您每次出庭辯護都贏，請問您是怎麼做到的，竅門是什麼，我們從課堂裡學得來嗎？大家真的好崇拜喔。」

自稱是母校的學生，還說了幾個如今司法界相當優秀的學長。她說他為學校爭了不少光，最近的名聲就像春雷那麼響亮。

「大概就是從經驗中培養直覺吧，看對了就比算命還準。」

他沒想到自己會這麼隨口漫應，而且還邊說邊走，走到樓梯轉角就順勢拐了上去。由於還有一個民事庭要開，他在休息室沖了杯咖啡才喝幾口，腦海已經離不開學生們那些迷惘的眼睛。當他趕到了民事庭，自己的委託人還沒出現，法官席卻已經坐齊了。他打開案卷匆匆瀏覽，眼前卻是一片飛亂的星花，待他暗自理出一些頭緒，開口陳述時卻把委託人的名字說反了。

女學生所描述的臉上的蒼白，雖然還沒照過鏡子，心裡卻很清楚。

最近是真的累壞了。

一件麻煩的貪汙舞弊案宣判在即，難得經過一陣斡旋有了轉機，被告家屬也趕在前天把錢送來了，萬沒料到平常替他打理的白手套突然心肌梗塞，還住進了加護病房。

承審法官是新來的，雖然見過面，還沒熟到那種事可以比手畫腳。

整個步驟被迫停擺，那滿滿一袋的鈔票只好藏在車上的行李箱，隨著他下班後泊進自家的車庫裡。這是破例的一次，大官司雖然離不開錢，但他從來不讓一捆捆的鈔票兜回家過夜。平常除了白手套替他跑，不論要送去的地方多遠，通常他都是獨自一人開車，就像私會一個心儀的女人不能有人跟隨。

錢放在家裡，擔心的並不是夜半招來小偷，而是躺在身邊的妻子如果輕輕翻身，他從頭到腳的神經馬上就會緊繃起來。

在她面前，身為勇者一樣的丈夫，已經沒有弱者的回頭路了。

請問您是怎麼做到的……，問得這般犀利，簡直是故意的一語雙關。

那女學生既然從外表作文章，對他的描述倒是漏掉了身上的細微。他的額頭窄小，眉梢沒有逆向的亂毛，鼻梁像一支準確的槍管，臉上不容有一點點粉斑來冒犯他的威嚴，何況他還擁有一雙自認非常透澈的眼睛。

成名以來，他的時間一半用在法案的鑽研，一半則是自闢小徑走進權力者的內心，陪他們打球吃飯，逢年過節不忘巴結，像個謹慎的小間諜隨時呵護著主子的心肝，說話時誠懇又純真，全神貫注地伺候著對方的眼神。那靈魂深處無關法律是否周延，只要雙方有機會四目相接，人的貪婪、物的欲望和權力的炫光，彼此都能在那當下一目了然。

兩天來為了接近這個法官，他四處打聽各種管道，最後得到的一線希望竟然回到了原點：原來對方的老婆每天練著毛筆字，而上課地方不在別處，竟然就是妻子開設的書法班。

昨天黃昏前他便匆匆趕回家了。車上那一大筆錢與其退還被告而招致難以揣測的風險，不如硬著頭皮尋求她的協助，只要她同意引路，接下來他就知道應該要怎麼處理了。

沒想到昨天晚上她說了謊。

從事務所回來的丈夫，不像平常先把公事包帶進書房。

他很少這樣異常，外套沒脫就黏在沙發上不走，張著兩隻手攤在椅背上，像個外地旅客等不到車，落寞地轉頭望著無人的月台。

她從廚房端來一杯茶，還沒開口就被他盯住了。嘴巴很快湊上了茶杯，喝了兩口順便清清喉嚨。果然是有話要對她說。

「今天跟同事聊天，才知道一個法官太太在跟妳學書法。」

一聽就知道他說的是誰。那麼多學生裡，她對她特別有印象：一個身材短瘦的婦人，寫出來的隸書像那平平的臉，卻是費了勁的生猛筆觸，寫壞了就生著悶氣來。報名時說是為了靜心才練毛筆，往往寫到一半就停了，握著手絹偷偷擦拭著眼角；換一張紙重來，落筆的時候卻是發抖的手，索性推開了筆墨，幽怨地跟她說起了法院裡的丈夫。

他問的當然就是這個羅太太。但是她說：「好像沒有這個學生呀。」

他聽完後竟然紅著臉，故作輕鬆的神情瞬間消失了，整個人楞在那裡。

但她覺得隱瞞是對的，搭上那條線準沒好事。對方包養了情婦，聽說還給那女人買了一棟房子，學生裡面早已有人繪聲繪影，雖然只是一些傳聞，可是這個做太太的都把眼淚寫在宣紙上了。

她擱下茶杯後低著臉走開，不想看他直稜稜的眼神。

以前完全沒有這種困擾。那時他剛出道開始執業，訴訟案件少得可憐，好不容易上了法庭卻又不見得贏，回家關進書房後就遲遲不肯出來，好幾次還坐在地板上睡著了。她在社區附近開了書法班就是那段期間，可以消磨整個大白天，晚上累得和他一起打盹也很自在。一個男人就算失敗了還能回到家裡，總比成功後躲進祕密中來得令人安心。

沒想到後來他慢慢摸出了奇門歪路，一件件官司逐漸打得輕手快腳，眼睛就變成現在的樣子了：深沉，凝定，隨時一副敏感的戒心。走紅之後，電視記者會也常出現他那漸漸陌生的身影，肅直地坐在原告或被告身旁，隨時準備替那些吞吞吐吐的傢伙搭詞，碰上記者們尖銳的提問時，他還直接搶答，目光如炬，臉上的肌肉閃耀著捍衛正義的決心。

他其實沒有太多物欲。十年的車子還在保養，外面還沒有女人，也不像很多名人喜歡炫耀如何掙脫窮困的童年。認真說來，他沒有童年。

她記得他只談過一個人，那個年紀輕輕就因為結核病過世的父親。

他父親有天晚上大量吐血，眼看就要斷氣了，突然說要吃月餅。

「我跟母親跑過黑暗的墳場，才看到那家雜貨店的燈光，以為就快到了，卻又像月亮一樣遙遠。月餅總算買了回來，我父親像一隻蝙蝠撐在床頭，他才咬下一口，一條條白色的肥蟲突然從他嘴裡鑽出來。他已經病得不像人，表面上雖然吃著月餅，其實是因為感到安慰，整張嘴突然顫抖起來的錯覺。妳也知道，我母親是個智能障礙的女人，她還笑嘻嘻看著他嘴裡那些蟲爬出來的樣子……。」

他不讓父親咬下第二口，抓了那個月餅就跑出去了。

「那時雜貨店已經關門，但我看見裡面還有燈光，就拚命大聲喊，沒有人理我，只好靠著鐵門一直哭，握著餅的那隻手還在蠕動著那些東西……。」

三十年來，他沒有買過一個月餅。那八歲的記憶殘留下來的，只有對人間事物的輕蔑和懷疑，他和她認識、了解、戀愛、慢慢締結成為夫妻，前後長達十多年的審慎與思辨，彷彿只為了在這世上找到最後一個可信的親人。

昨天半夜，他悄悄溜出了房間，果然把她抽屜裡的東西翻遍了。為了證實她說謊，他還把學生名冊攤在桌上，彷如傷心地抗議著她。

羅太太偷偷報訊來，約了晚上八點，法官丈夫剛好在家的時間。她才掛上電話，他已經迅速打好領帶，衝到車庫發動了引擎。等她坐了進來，急著倒車時保險桿還削到了牆柱，要是平常鐵定跳出去撫著傷口唉疼老半天。

第一次陪他出門做這種事，本來沉重得無話可說，剛好碰到路上塞車，只好藉機打給羅太太解釋一番，生怕難得替他作主，對方卻又突然變卦了。
「我帶來一幅字，也裱好了，就當作你們搬新家的賀禮。」
講著電話時他聽得相當認真，方向盤上的手指點奏著音樂台的拍子。
「幫你多認識一個人也好，反正我們只要做事得體……。」
「當然是純拜訪，妳想太多了。」
不想太多也不行，看他穿著眼前這套西裝，心裡就無端地害怕起來。西裝口袋都是封死的。以前不知道他有這麼忌諱的一面，都把他所有的口袋拆了線，他臨出門才發現，頓時發著不小的脾氣，寧可遲到也要等她把那些開口縫回來。
夜間出門他也盡量不帶皮包，任何容器形狀的東西，若不是放在家裡，就要像口袋那樣地緊閉著，裡面完全沒有可供藏匿的錄音。
她可以想像這樣的丈夫，去了敏感地方，接觸到了某某人，必然就會有意無意地亮出他傲人的真誠：脫下了外套，穿著令人信賴的白襯衫，大概連一把鑰匙串也被他擺在對方信得過的角落。基本上他讓自己全身赤裸，儘管懷疑著任何人，但他做到了讓對方完全信賴的地步。

車子在紅燈前停下來時，她總算想好了，以後再也沒有機會可以坦白。她說：「如果你要送錢，我想，也順便送我一件大衣好了。」

他的手指停下了節拍，音樂台也在這個瞬間被他關掉了。

「但是不要用你的錢買，我希望用別人的。你讓我試試看，用別人的錢買來的大衣，穿起來應該也是一樣的溫暖吧，總比你把錢送出去，沒有得到任何感謝。」

她並不期待他回答，靜靜聽著就好了。

「你說，我這樣是不是很壞。但我想過了，我這樣做才不會顯得自己太自私呀，不要都是你一個人在默默承擔。不然，如果繼續這樣下去，以後你也會找到一個情婦來作為補償，男人的寂寞都是這樣來的吧，那時候我還不是一樣兩手空空，連做你妻子的機會都沒有了。」

車子裡是那麼安靜，平常可以這樣說話就好了。她忽然感到非常悲哀，只能苦苦地笑著，「所以我才想到應該買一件大衣嘛，至少冬天到了可以穿在身上，而且也沒有用到你自己的錢，不會有太多的懷念……。」

在她迷濛的眼中，綠燈暈開了。她指著前方提醒他，然後安靜下來。

# 獨身

少女的時候她偏愛旅行，一個人搭火車，喜歡看著窗邊的自己飛過田野，進入黑暗的隧道遙望即將穿出去的光，然後期待忽然停下來的陌生小站，在不同腔調的叫賣聲中靜靜地看着他們，直到要去的鄉鎮終於抵達，她便恍然覺得已經來到父親將她們遺棄的地方。

父親是個隨團賣藥的喇叭手，聽說走遍了從南到北的偏鄉角落。微渺的印象中他體型瘦小，但他曾經穿著一件非常寬鬆的大衣回家，裡面藏著給她過年的禮物，在那最後一次的圍爐中，他似乎想要給她們母女留住什麼，突然站上了椅子，吹著她愛聽的小調，沒想到短暫的新年過後，他從此消失得無影無蹤。

母親答應讓她單獨旅行，或許早就看穿她的心思，每次替她準備的點心都有兩份，盒子裡還叮嚀着一張滿滿的字條。她一路記著母親說的每句話，字條在她身上只是一種複習，她會在當晚的異鄉拿出來看，直到印證了每一個字跡確實都在腦海，才安心把它收回皮夾。

那麼勇敢又那麼乖巧，真難得啊。鄰居每個人都這樣誇她。

母親後來哭著說：「如果那天不讓妳出門，就不會發生那種事了。」

她當然永遠記得那最後一班回來的火車。

火車停靠時，起霧的窗外只看得到飄忽的站牌，一個男生上來，盯著票號找位子，好巧不巧坐到了她旁邊。他說他剛退伍，頭髮真的剃得很短，紅通通的一臉曬斑，滿口說著他以前在股市實習的精采閱歷，轉身過來的時候熱情地朝她微笑著，牙齒是那種白貝殼的白。

原來妳在大學也有念到經濟金融啊，那我們真是有緣。

他主動留下了電話，也主動要她留下。

母親的戒律裡面卻有這一條。自從第一次旅行，她就記住了。

但他是那麼誠懇，那越說越亮的眼睛像她喜愛的海。當她把電話號碼小聲念出來時，看見他急忙抄在手心，那端正的字跡很快溶入汗裡，他急忙重寫了一遍，寫在翻過來的手背，而且細膩地把它吹乾了。她有點羞怯，卻又覺得溫馨，突然想起電影裡面一幕已經發車的月台：兩個陌生男女邂逅不久就要分開，一個在車內探出頭，一個在人潮中四處尋覓著，就為著一個來不及說的約定而狂奔起來。

沒想到她從此陷入無邊的黑海。她喜歡的旅行，還有她從小就莫名深愛的火車，就因為這樣而停泊在十九歲那年的軌道上。

母親隨著流動夜市到處擺攤，做的是撈金魚的小生意，一個個長形的塑膠盆擺在燈下注滿了清水，五彩繽紛的小魚四處游竄著，十塊錢一把紙網，就這樣撐住了父親不在的那段時光。

那男生開始打電話來，母親自然是不知道的。

而且她拒絕了。她說，我要顧家，不能出門。

第二次打來是不用上課的週日上午，那時母親還沒起床。

再來就不行了。夜裡的電話響不停，她以為只有答應他才能平息。

兩人約在熱鬧的市區，對方的頭髮沒那麼短了，臉上多出一副銀框眼鏡，朝她說話的眼睛溜溜轉，再也沒有車間偶遇那種讓她微妙地怦怦跳的心靈。

她開始畏懼他的電話，即使那黑色話筒明明靜默無聲，彷彿還在她的心臟周邊尖銳地震動著。它隨時都會響起，有時摀著耳朵讓它刮破長夜，有時為了適度安撫只好勉強接聽。對方語意溫柔，為了邀約不惜拖住時間哀求，經過她多次委婉地回絕後，再來便是他那壓抑不住的怒火了，從那看不見的角落頻頻傳來使她害怕的聲音。

一個母親休攤的雨夜，她不敢接聽的電話終於有人代勞。

對方說要殺她們全家。

全家只有兩個人，母親和她雙手緊握，看著外面的暴雨斜打著玻璃，陽台的花盆紛紛倒臥瞬間的風中，最後連房子也跟著震盪起來。四周開始出現怪音，某種詭異的腳步踢了又走，似在到處推敲著入侵的縫隙，把她們兩人凌遲到隔天清晨還不敢走出房間。

幾天後她們決定搬家，搬到巷子裡的巷子，看起來幽居隱密，靜到一切從有到無，只剩一種完全躲起來的孤獨。她和母親說話總是壓低了嗓音，走在房間、客廳莫不飄浮着一步踩空的幻影，偶爾只有父親的小喇叭聲遠遠飄來腦海，像夢一樣親切，才讓她稍稍重溫著那年除夕爐邊的溫馨暖意。

母親依然跟著夜市跑，回來還是很晚，她要一直等到那台小貨車終於彎進巷口，慢慢傳來由遠而近的引擎聲，她才能安心裹住被單進入假寐中。

母親看見房間裡的燈光進來，坐在床頭自語著，「都沒有了吧。」

她不敢答腔，覺得羞愧還沒過去，自己的過錯無法諒解。

「想也知道，那種電話當然不會再打來了。」母親慶幸著說。

隔年夏天，一樁性侵致死案登上了報紙。那時她正在吃早餐，但那張報紙太醒目了，讓她不得不再次看到他，他站在一張被警方追緝的照片裡，照片底下還把他犯案的各種前科列成一欄。她循著那些紀錄逐一細看，彷彿這個嫌犯正在和她一起看著手錶對時，果然那天他剛從南部的外役隊出獄，而她正好坐在那班火車的回程裡。

她把報紙塞入抽屜，每天晚歸的母親平靜如常。

隱藏起來的祕密無法找人傾訴，便像一條灰蛇爬進黑暗的角落裡，永遠不知道牠什麼時間會再悄悄溜出來。她開始發覺剛搬來不久的新家其實門戶都老舊了，房間的喇叭鎖隨時無故鬆脫，洗槽上的水滴有時僅僅一聲就劃破了她寧靜的心靈。後來等到母親找來水電工全都換過一遍，她已經再度陷入那班火車的幻覺裡。

火車還在奔馳，進入隧道來到她的夢中，然後一個陌生人上來，又坐到了她旁邊，剃著很短的髮型，說的卻不是他剛退伍，而是冷冷地看著她說：妳看，我還是找到妳了。

憂鬱發作時她總是安安靜靜，流淚沒有聲音，不會吵到人。何況已經沒有人。母親離開五年了，那台小貨車半夜倒在馬路上，一堆混亂的聲音將它圍起來，兩個員警蹲在車下找不到滾落的輪胎，滿地的小金魚就像全然靜止的胎音，母親血淋淋的軀體陪着牠們一起安息了。

如今她獨自一個人，身上帶着兩人份的孤寂，出門買菜穿兩條內褲，碰到有人搭訕便停在路邊靜默不語，讓一頂深陷的漁夫帽防備在她的眉眼間。只要走在路上，她時不時就要回望後面的人與車，吵雜的聲音還算安全，無端靠近的形影最讓她驚慌。尤其是人，人有車子無法模仿的腳尖，還有像鬼一樣的無聲惡念，她懷疑隨時都有一雙窺視的眼睛緊緊地黏住她的背影。

唯一讓她感到好奇的，是一個經常流連在她公寓樓下的男子，每次穿着一條寬筒長褲，走起路來飄著空蕩蕩的右腳管。他的跛腳讓她放心，讓她覺得倘若全世界的人也都像他一樣就好了。何況他瘸得十分乾脆，不依賴任何支杖，看見她時更且顯得無比羞赧，急著邁出腳步避開她，從背後遠遠看去像個暴發戶大搖大擺的身影。一定是很吃力呀，她看得有點心酸。

他正式送來一個見面禮的那天下午，她很訝異自己的平靜，忽然覺得自己好像痊癒了。她微笑著張開眼睛，第一次正式看著他的臉，羞怯的五官充滿自卑，比她年輕幾歲應該有，算是一隻垂憐手要來疼惜她這朵遲暮花。

她把他帶到樓上，打開了她這獨身女人才有的神祕空間，裡面立著一面櫥櫃，上層放着一箱箱原封不動的泡麵，中間整排的蠟燭和手電筒，底下則是鋪滿了她這輩子就算避難也吃不完的各式乾糧。

本來還想告訴他，門上安著兩道暗鎖，警報器連結每一扇窗，前後陽台各有一筒乾粉滅火器，另外還有五十米長的塑膠水管捲藏在水槽下方。

「我是有病的。」她說。她無法想像外面的人為何充滿歡樂，而她處在如此的荒謬中才能勉強活到今天。

男的竟然流下淚水，那隻腳抬起又沉下，彷彿想要離開又留下來。

後來還是沒有嚇走他，幾次送來了花，趕著還沒到的節慶似地，牡丹花、百合花……，竟然還有一次抱來了大把雛菊，使她驀然想起十九歲那年印在洋裝上的那幾朵記憶。啊，那幾朵雛菊還在腦海盛開，可惜她都老邁了。

夜深人靜時，她忽然懷疑他會不會是那個通緝中的在逃者。但那人沒有瘸腳呀，臉上也充滿著自信從容呀，半夜拿出那張泛黃的報紙再次比對，發覺唯一相似的其實只有她自己，從十九歲一路走來，應該已經逃離恐懼，沒想到那種陰影還是凌遲著突然來到的愛情。

她不得不找人求援。一個女諮商師讓她坐在舒軟的躺椅裡。

「我知道，妳一定很想走出來。」對方說。

難道不想。她急著點頭，希望對方像個親人，不用只顧對她優雅地微笑，她願意提供任何線索，讓對方很快進入她的內心。

要從遠走的父親談起嗎，或者直接搭上火車，然後出現那個陌生人。

「妳放輕鬆，這裡沒有別人，想說什麼都可以告訴我。」

「從哪裡開始？」

「這樣好了，可以說說有什麼事最讓妳害怕。」

「什麼都怕。」

「有吃過這方面的藥物嗎？」

「這方面是什麼意思？」她從假寐中睜開眼睛。

「很多女人到了這個年紀就會恐慌，黃昏的時候……。」

「我從十九歲。」她糾正她。

對方停頓下來。她只好開始獨白，說著她從小就喜愛的旅行，母親為她準備精緻的點心，一路上她從來不打瞌睡，眼睛是她一直開著的照相機。當她說到這裡，發覺自己突然笑開了，可見那是多麼快樂的回憶，田野上的風光不斷湧來，使她說得越來越緩慢，彷彿逗留在那個景點上捨不得離開。

在她說到快要搭上那班回程的火車時，她決定停下來。

「結婚對我有幫助嗎？」

「有愛就有幫助。」

「多愛？」

「讓我想想，沒有人這樣問過我呢，多愛……。」

她離開了躺椅，拉著已經起皺的裙襬，覺得好像為難到對方了，一個毫無傷口的女人，怎麼知道恐懼帶給一個女人的創傷究竟有多深。

時間也快到了。如果不來這裡，她想，三千塊可以買一百個電池，或者也可以給那個笨蛋回贈一大蓬的玫瑰花。

她走到門口，回頭央求著說：「不然，妳可以抱抱我嗎？」

對方沒有動靜，她只好快步走了出去，免得眼淚又掉下來。

# 深秋

飯店接應的車子沿著風中飄落的銀杏緩行，她聽不懂日語，但知道司機正說著這是賞楓的熱季，畢竟車窗前後盡是頻頻輝映的霞紅。從大津的街道轉進南端狹長的水域時，遠遠看去的琵琶湖泛漾著一層楓火的倒影，一瞬的轉望間使她想起風景明信片裡的黃昏的海。

下榻的旅邸是半個月前預訂的溫泉山莊。她開門進來玄關，踏階而上有個榻榻米房，深進則是面湖的茶間。房型屬於稀有的特別客室，外面陽台附著一座檜木的溫泉池。從茶間看出去時，多年前他們夫妻裸露池邊的身影似乎就在眼前。

她擱下行李，簡單卸妝更衣，準備開始迎接這場遊戲的開始。筆電接上網路視訊後，才知道家裡的丈夫這時還沒開機。等待的時間裡她沖了一壺茶，拆開一包印著滋賀縣出產的薄餅，咬碎在齒間的脆音嚇了自己一跳，沒有想過一個人的旅宿會是這麼寂寥。

但這是他們彼此同意之後的決定，誰都不能反悔。

行程總共四天，今晚的房間由他指定，他認為再貴也值得花這筆錢。

「不然我還剩下什麼。」他說。

他至少還剩下兩個瘤。醫生說，腎臟裡的那個有解，腦部比較麻煩。

每週三次往返醫院都由兩個外傭陪同，她只負責替他把所有的盥洗衣物備齊，以便應付醫生隨時把他攔下來住院。但每次他總是臨陣脫逃，他為人雖然冷酷卻也怕痛，怕穿淺綠色的病衣，怕沒有醒來之後很快被她燒成灰。

去年如果動手術還有七成勝算，如今聽到只剩三成馬上掉頭走人。

「看來妳快要贏了。」他說。

他指的是離婚協議書，三年前他不簽字，擺明了無愛也可以共存。

兩個瘤合力作怪時，一口飯也吃不下，滿臉蒼蒼的黃，時不時把空腹也有的雜汁吐在床單上。這樣的病情一直困擾著雙方，怕痛的不想死，想走的找不到機會離開。

又把盥洗衣物帶回來的上個月底，心情好像惡到極點，突然用對講機把她叫醒，說他有件事想要商量。三更半夜，可見他整晚沒睡，把她叫到樓梯旁的起居室，兩人穿著睡衣突兀地出現在那狹隘空間裡匆匆相逢。他疲弱地靠著椅背說：「妳可能看不出來，我快要瘋掉了，現在只想出國去散散心，但又怕走不到一半就倒下來。這樣好不好，妳去日本，替我走一趟南禪寺。我們那次旅行的時候妳的心還在，妳就帶著那顆心去那裡賞楓，就當作我也在妳身旁。」

「嗯，然後呢？」

「在日本的第一晚，妳是我的，記住這點就好。」

「什麼意思？」

他看了她一眼兩眼，看了第三眼，乾脆看緊了不放，想把她的靈魂抓住似地，「我想妳外面應該也有男人，反正妳給我一個晚上就夠了。」

讓她驚慌失措的商量陷入了僵局。但他最後說，算我求妳。

他是認真的，平常不曾這樣，血絲爬滿了黃色的眼白。

遊戲慢了幾分鐘。此刻他終於開機了，視頻裡晃出一張浮腫的臉。「嗯，妳到了，比我預估的時間還快。那邊冷不冷，帶去的衣服夠穿嗎？我剛剛打了一個噴嚏就知道是妳……。」

「你要說的是什麼？」

「現在這樣，妳帶著筆電去把門打開，我記得電鈴旁邊有一塊木頭，上面寫著『土筆』，妳去對照一下，別說我花了錢而妳住錯房間。」

她照辦了，鏡頭對準了門燈下的木刻，朝他冷冷地瞪著眼睛。他不曾寫過日記，偏還記得這房間專屬的名字，說是懷舊未免矯情，恐怕是病久了才會這麼怪異，否則很多不該忘的他早就忘光了；十年前兩人還曾經站在這裡合影，那張照片他倒是沒有想起來，她還記得那天他穿著深灰的斜紋毛衣。

「土筆房沒錯呀，你都看到了，再來還要怎樣？」

「好，妳進去放水，把溫泉轉到最大，讓我聽見聲音。」

她推開更衣室的邊門，琵琶湖畔的寒意瞬間襲來，陽台上飄搖著春天的假花，檜木的池底浮著一層水霧泛白。她覺得要是還有眼淚，但願能像此刻的溫泉一湧而出，淙淙然，一聲聲，哭得像個真女人，很久不曾好好哭過了。

她進來跟他說，水已經放好了。

「我也聽得出來。水滿了，聲音就越來越小，生命走到盡頭也會這樣。現在妳可以好好坐下來了，其實我不想再麻煩妳什麼。我們可以開始回憶了，我記得茶間前面是不是隔著一大片玻璃，對吧，那時候妳突然大叫一聲，我從玻璃看出去，妳已經脫光衣服跑到陽台，難怪冷得吱吱叫，外面下著大雪嘛，可見那時候妳是多麼熱情。」

嗯。她用鼻子說。

「我們最後一次躺在床上也就是這個房間。」

「我要休息了，明天早上不是還有一個南禪寺要走。」

「房間裡面有沒有男人？」

「明天晚上才有，我不是已經答應你了嗎？」

依約來到的南禪寺，空氣中流動著蕭瑟的秋寒。廣場，石階，圓柱下，一步步遲緩下來的心思，到了殿前突然更加冷冽起來。一輛輛的遊覽車下客後像潮湧浪花，紛紛從她石墩一樣的身邊穿越，只見佛門延伸而去的步道上掩映著一片亂紅，遠處的楓林在那些流動的人影中靜靜燃燒著。

她徘徊在老木頭的柱與柱間，突然決定不要購票入園，既然他特別提出要求，要她帶著以前那顆心來，那麼她就偏偏不進去了。

因為她已經找不到自己的那顆心。園庭穿廊其實都在記憶裡，那些隨景而至的低聲讚嘆至今還在腦海，她記得當年兩人跟著隊序走走停停時，來到一處枯山水，他還特地駐足下來說：「妳看到沒有，這些白沙的紋路好美，像不像水在流，流到石頭外面越遠，水紋才會慢慢消失。」

滿口的哲理，也懂一些詩情畫意，幾天後卻帶著一個女孩逛街。起初她還嘲笑那些流言，直到跟在他後面進入飯店，看著他們謹慎地前後拉開，女的停在櫃檯訂房，他繼續直走，若無其事地坐在內廂停留了一杯咖啡的時間。她眼睜睜看著他閃入電梯後，才決定不再跟隨，躲進附近巷子裡的一家飲料店掩面低泣。

出軌對象其實不止那次所見，高階女同事、業界公關祕書都曾染指，各種嬌滴滴的聲音透過手機飄來，讓她不禁懷疑那異常恩愛的日本行，簡直就是愛情的告別才有那麼假惺惺的形式。或者說，在那之前其實什麼都已發生過了，只是她被蒙在一條廚房圍兜裡，不知道一個欣賞枯山水的男人，其實更喜歡花花世界裡的山山水水。

午後她趕回飯店拉出了行李，第二天的住宿由她自選，畢竟任務結束了，南禪寺的匆匆巡禮只剩最後的尾聲。她住進京都市中心的飯店，一個人空晃著難以打發的時間，一直到樓下的店家紛紛打烊，才回到房間打開電腦。雖然已經想好了說詞，心頭還是震了一下，覺得他好像坐在那天晚上的起居室裡等待著聆聽。

「南禪寺我去過了，都很好，楓葉就是那麼紅。」

「妳沒有進去。」他失望地說。

「兩個工人正在耙著那片白沙，還蹲在地上一粒一粒檢查。」

「去過南禪寺的人，眼睛眉毛之間自然有一種喜悅的神韻。」

「你怎麼知道我沒有。」

「妳把鏡頭打開，讓我看看妳是怎麼了？」

「我好得很，還在楓樹下唱了兩首歌，只是現在有點累。」

「他到了吧？房間裡面沒有男人也是很奇怪的。」

她不想回答，卻又覺得這個段落結束掉也好，再來就不用囉嗦了。

「剛剛才下飛機，正在計程車上趕過來。」她說。

她叫他記得吃藥，酒是確定不能再喝了，漫應兩句後乘機蓋上了電腦。然而話剛說完，忽然覺得房間裡的靜謐好像更深了，電梯那端的通道彷彿有人慢慢走來，她甚至轉身看著房門，以為真的有人即將按上門鈴……。

倒是茶桌上的手機震動著了。

「妳有一顆痣在左邊，我突然想起來……。」

她感到煩亂，停住脫了一半的絲襪說：「你在說什麼左邊右邊？」

「左邊的乳房，對吧。就算以前沒有特別記住，認真想起來就出現了。明明就在左邊的，夢到的時候卻突然跑到右邊來，簡直把我弄迷糊了，其實應該還是一樣沒有改變吧？」

「那有什麼關係嗎？」

「是沒有關係，我真的只想知道它在哪裡。」他的聲音沉入了自語。

走了一半的哲學之道，琵琶湖分流而來的水聲似乎沒有盡頭。

季節還不到冬春，路邊沒有繽紛怒放的花顏，也不見那年零星的早櫻從坡坎下的屋簷探出頭來。然而她也沒有繞進曾經喜歡的法然院，銀閣寺也跟著錯過了，這趟怪異的旅程對她來說，任何一處都顯得遙遠，停在路中央想要攔車時，一隻手無言地舉在空中。

此後的餘程，那些紛擾的楓葉還是到處紅，行道樹亮黃的銀杏也時不時隨風飄晃著，兩種亮麗的彩葉撐住了整個京都的天空，明明就是那麼奔放熱情的色澤，看在眼裡卻是無邊無際的愁緒湧上來。

當然沒有什麼外面的男人。丈夫也算倒楣吧，錯過了悔改機會，無端又生起病來，只好在婚姻的冷戰中開始耍賴，隨便找個假想敵把她揶揄，好像加深她的罪孽就能把她一起拖進深淵。實際她從來沒有異樣的心思，覺得自己非常累了，倘若愛是強求就有，當她趁著男人不忠而去擄獲別人，這世界不就多出一個弱者失去了對方。

她回到熱鬧的河原町悶悶地走著，連二手書店也進去翻著古籍，轉進一家手藝店挑著花瓣造型的掛飾時，忽然聽見了鴨川傳來水聲。

淺水的鴨川隔著兩條町街靜靜地流著，她本來只想在石椅上歇歇腳，卻讓一隻灰鷺抓住了眼睛。那兩隻長長的細腳像水草插在河裡，左右腳輪流划著水，反覆之後依然原地不離，讓她看得有些恍惚，直想著這隻孤鳥總該啄到一尾小魚吧，卻都沒有，牠在沉思呢，彷彿等著落日把牠接走，四周暗下來時果然聽見牠發出了拍翅而去的聲音。

自由的日本行，不自由的枷鎖一樣的人生，她覺得自己比那灰鷺還不如，牠從黑暗中飛走了，而她明天還要走進黑暗中，想到這裡終於流下淚水。

第四天總算回到家裡時，樓上樓下聽不到任何聲音，樓頂上也只有那些盆栽依然在風中飄搖。她走進自己的房間，看到的卻是以前那張空白的離婚協議書，已經落好了他的簽章擱在她的梳妝檯上。

過了不久的夜晚，他的姊姊打電話來，說他已經在前天晚上入院，手術還算平安，只是過程比想像中漫長……。

# 細枝

沈家六個女兒都是姊姊，他排行老七，是沈爸離世前認繼的養子。

來的時候身長體弱，兩眼骨碌碌而大如龍眼珠，哭嚎之聲有如鑼鈸亂打。

沈爸當夜難以成眠，畢竟認養之事因他起意，當初除了牽掛著自家香火，莫不也是顧忌全家鶯燕為患，他擔心自己遲早有一天淹沒在這胭脂窩裡。

沒料到等了大半年迎來的，卻是一個驚天動地的破鑼嗓。

半夜他把妻子搖醒，紅著眼睛說：「我們來給他改名字。」

「要現在嗎？」

「我知道他哭什麼了，他在等我們把他從爛泥巴解救出來。」

兩人徹夜翻書找籍，天亮前總算得出神來之筆的沈聰海。

送到相士那裡覆驗，卻不得其允，直斷這孩子孤葉殘枝，倘若強行冠戴權威之名，乍聽雖然浩瀚無邊，恐怕來日難逃載寶沉船。

那如何是好。相士表示先卜再說，繼而掐指一陣喃喃。

「這樣，」對方攤開了命理全書，提著紅筆走入字海，忽然相中兩粒遙遠的孤星，從中拉起彷如命運的朱紅一線，頓時現出了上細下枝的怪異組合。

沈爸蹙起眉頭說：「這怎麼好？」

「這孩子八成難養，不如給他一個爛名。你仔細看看這兩個字，越看就越順眼，不就像他羸弱的身形麼，嫌它不夠端莊氣派也罷，偏偏這名字以後就是好給你看，到時你記得來謝我。」

沈細枝從此否極泰來。

沈家通鋪上八個睡姿連成一排，不分長幼胖瘦，依例是女女女女女女男的布陣，若強行插隊恐怕攪亂一盤煎熬的鍋貼。他只好被安放在狹長的藤籃中離地三尺，方便沈爸翻身時順手一推，掛在籃外的兩隻蝦腳於是曲曲地晃盪起來，他哼著糾葛的破音啜泣著，小小腦袋卻已開始享受著這天外飛來的臨場感。

他出運囉，窮寒的本家一條破褥擠著五兄妹，如今他獨享一籃紅毛毯，頭戴防寒絨帽，半夜無聊時還能測試一下自己的存在，哭聲刻意輕細如蚊，沒想到全家一起醒來。

好日子卻不到三年，半夜喝醉酒的沈爸被一部超速車帶走了。沈媽雖然咬緊牙根扛下木材行，從此每次看著沈細枝只用她半隻眼睛，她對這個討命鬼飲恨畏懼，只要遠遠看到他走過來，能避開她就儘量避開。

十多年後連沈媽也漸漸不行了，除了關節炎的病痛纏身，心臟也導入支架才把半條命救回來。她聽人建議決定提前分產，木材行和一大片生薑田持分給六個女兒後，有一天她把沈細枝叫來耳邊，眨著半瞇的眼睛說：「不能說出去喔，這塊都市計畫的土地，我只過給你……。」

沈細枝頗覺事不單純，她向來袒護女兒，平常對他早有戒心。他偷偷找了一名代書調閱資料，還跑到現場仔細勘查，果然發現那塊地只是一條六米小巷，長形的路地已被多戶鄰房闢為菜園，只剩一條蜿蜒的狹道容得下機車以特技通行。

「這樣好了，這塊地妳留著用，我換阿爸留下來的那幾支煙斗。」

沈媽惱怒起來，「你真笨，如果有人嫁給你，不就是因為你有這個。」

那年冬天騙進來鄰村的彩霞。

沈媽騰出了自己的房間，輪流依附六個出嫁的女兒同住，只有除夕過年才回來圍爐。沈細枝那時已經一家五口，多了沈媽回來剛好塞滿小圓桌，飯菜都是阿彩張羅，他只負責帶著孩子出去巷子口放鞭炮，進門時重複咬著沈媽的耳朵說：「妳一定要保密，別讓阿彩知道那是一塊路地喔。」

知道又怎樣，反正已經給你生了三個啦。她笑著說。

彩霞嫁進來時感恩之情充滿內心，她從小跟著家人在海邊的沙田種花生，從沒想過一番媒妁後竟然可以舒服地躺下來成為女人，若說這輩子從此對男人生出無端的崇拜，應該就是洞房那夜忽然讓她夢幻神遊的短暫時光。

那時她只顧遮頭掩面，根本來不及發現他褪盡衣物的靈巧瞬間，待他跨馬上身，才瞟見這男人宛如一抹白影飄來。行進間他活像溪鰻戲水，渾身滑溜蜿蜒，時不時從他胸臆中傳來急鼓鼓的呼喘聲。中場過後他轉身擦汗，彩霞才發現他背後的薄肩細腿，整條龍骨清晰可見，該長肉處清癯如柴，瘦條條的身形簡直就像一支渡船的插篙，實在難以想像剛剛那一輪的劍影刀光，究竟從他身上何處這樣地勇猛襲來。

婚後多年，彩霞再沒看過阿枝的神勇武功，他終日溜達在鎮上的茶坊、撞球間，日午或者夕落回來時只為了吃飯洗澡。家境撐不下去時就去四姊掌櫃的木材行要錢，若是要不到，就在半夜直接開著貨車去偷木材，有一天終於被守在現場的老工頭打到半死，警察來的時候才替他叫了救護車。

沈細枝後來不得不學起了手藝。那時建築景氣正在興狂，他聽了二姊的深謀遠慮，決定從油漆入門，以後起碼可以四處包工，每天只管蹺著腿收錢。第一天報到後，他兩手抱胸聽著師傅講解技巧，聽到心領神會之處頻頻頷首稱道，待由自己上場揮灑則形同花臉粉墨，下工時他師傅橫目相送，臉上充滿厭倦的怒火。

沈細枝也做過水電學徒，一組三人全都新手，唯他特別專注那兩條陰陽線的神奇，趁人不備時反覆交叉實驗，果然發現它遠比仙女棒好玩多了，一陣劈啪四濺的火花差點燎起了旁邊的布沙發。等到親自上陣第一天，他師傅趴在地上穿牆鑿洞，叫他繞到隔房替他拉出交纏的線頭，結果一去不回，師徒多人齊聲大喊也是音息杳然，這時還不知道他又犯了手賤，早已經昏死在牆外的洞口邊。

彩霞接獲通知趕到診所時，他卻已經坐在病榻喝著牛奶，還說著有關牛奶的黃色笑話，逗得兩個護士吱吱叫著。她扶著他回家時，半路上被他推開了，硬是鼓起男子漢的愚勇走得顛顛晃，還不到家門口突然又癱軟下來。

翌日中午彩霞從工廠帶回剩菜，才發現阿枝沒有醒來，雖然睡得像豬，卻有一股陰森森的慈暉映在臉上，那種古怪的笑顏彷如陰間走到一半，回頭對她的哀送非常滿意似地。她趕緊掐著他身上的皮骨，最後掄起了拳頭一陣亂打，那咧開的嘴角忽然咻的一聲吸住口水，朝她透露出還沒死的生機。

當下她飛奔而出，衝進鎮街上的一家蛇店，央著店家從鐵籠裡勾出一尾臭青母，把牠尾端的排泄物擠在一條抹布上。為了防止惡臭外流，她將抹布攢在胸口一路哭奔，回家後準準對著阿枝的鼻洞一把裹住，果然應驗了小時候聽過的傳說，那強烈的腥臭無人可擋，他終於醒來啦，可惜吐了一整夜。

她從披著頭紗來到沈家，經歷過的生死考驗簡直就是一場場的戲謔，阿枝的死從來沒有一次真實，就像他的為人或他說過的每一句話。她問過婆婆，

「阿枝的命底真硬呀，以後一定是個偉大的人。」

婆婆嗤著鼻音說：「當然是改了名字的囉。」

沈細枝最常做的一件事，就是每逢特別無聊的午後，他兩腳夾著木屐獨自走在鎮中心的柏油路上。這時候的戲院正準備開演，懶洋洋的街頭適時響起了他腳下木屐跟的磕喀之聲，他算準了時間購票進場，舞台的帷幕剛好緩緩拉開，像一齣非常滑稽又可愛的人生劇場，等著他坐下來觀賞。

小鎮入秋後，有人來到他家後面的廢棄工廠帶頭吆喝著，準備招攬各路的小販聚集起來營生。先來了一攤燒酒雞，接著跟進了烤香腸，擲骰子的聲浪一起，旁邊跟著架設了露天點唱機。幾次短暫的黃昏過後，有人又開始拉線點燈，沒多久還隔起了幾間暗室，並且相中了沈細枝高過牆頭的身手，讓他擔任把風的工作。

「裡面都在做什麼？」彩霞忍不住問他。

「聚餐。」阿枝淡淡地說。

一天夜裡，彩霞正在洗碗，水龍頭一關，後面忽然傳來細碎的輕吟。她把廚房門推開，那些聲音更加淩亂起來，笑浪聲有時淒切如蟬，有時卻又嬌嗔地哼喊著，一聽就知道那些聲音來自房間的密閉，像摀著嘴巴還是關不緊的歡愉。

彩霞開始注意阿枝的行徑，凡他從後門溜進了攤區，四周響起熱情招呼的吆喝，她就放手不去追究。但要是進去了，那裡的氣氛反而忽然靜默下來，賊一樣地無聲無息，那就表示其中有鬼。

這天終於被她逮到了。她躡著腳跟在後面，溜過所有的攤商再繞回來，試著推開過道上的一扇小窗，沒想到夫妻兩人就這樣地恍然相見了。那衣服脫得精光的沈細枝原本撲在床上，轉身時驚慌地看著她的眼睛，全身來不及遮掩，像一尾垂死的白鰻泊在岸邊。

彩霞一口氣打包所有的行李，連夜就把三個孩子帶回了娘家。

夫妻從此各自謀生，彩霞每天跪在沙地上扒著花生藤，阿枝扛著掃把一樣的鳥梨串穿梭在夜市裡，三個孩子忙著上學，遇到父親生病才派來一個陪他過夜，但天剛亮就不見人影。

十多年後一個深夜，沈細枝連續打了三通電話給彩霞。

「阿彩，有件事我一定要先讓妳知道，明天妳在家嗎？」

「最小的都去當兵了，我為什麼不在家。」

猜想這個人應該是倒大楣了。一個浪子突然正經起來，八成是被黑道一把刀架在脖子上，不然就是病得很慘，醫生剛剛宣布了他的死期。她聽得出電話中的阿枝想哭，想說些什麼，又想忍住什麼，莫名得不像他的為人。

沈細枝掛完電話後就真的忍不住了，他裹在被子裡哭得像隻蝦子，卻又覺得這樣的哭泣其實也很刺激，好像徹底洗了一次熱水澡，霎時感到全身溫暖起來。他從來沒有這樣爽快地痛哭過，沈爸走得太早，那時還不懂什麼叫做傷心；彩霞負氣出走，他也沒有機會哭，總覺得都還年輕嘛，一哭就會笑死人。再來就沒有類似的情境了，晃蕩了半輩子，只有一件事讓他覺得要哭要笑都很困難。

就是那塊路地，沈媽騙了他，他只好一直騙著阿彩。

但現在不一樣了。幾天前一家仲介忽然找上門來，他說你發了，你還一個人坐在這裡喝悶酒啊。對方為他宣讀一條新法令，告訴他現在任何一塊私人路地都享有容積率，而建設公司就把這些容積買下來，移到別處蓋更多的房子。

也就是說，他一夜之間突然變有錢了。

經過仲介員一番慫恿，那條沒用的六米路，如今賣了千萬元。

沈細枝來到彩霞的住處，等了很久，一個光頭婦人來開門。

「進來啊，是我啦，你怕什麼，醫生說我快好了。」

他的鼻子一縮，攤開了買賣合約給她看，「阿彩，我分一半給妳。」

「你別想在我這裡打什麼鬼主意，我現在只剩下一張健保卡。」

「不是這樣，阿彩，這次是真的，以前我不是故意騙妳……。」

想說真話，卻沒有經驗，很怕又把它說假了，沈細枝哽咽起來。

# 扶桑花

醫院天井裡有個小花園，旁邊一條廊道可以穿越後棟的樓房，但陽光在十點過後就撤走了。從大榕樹的蔭影下走過去就是往生室，後面則是靜悄悄的巷子，聽說禮車開進去的時候按不出喇叭的聲音。

母親回家換洗衣物時，文惠聽到的叮嚀就是以那棵榕樹作為限界，「盡量朝中間走，花圃旁邊的陽光最多，曬完就從原路回來，眼睛不要瞟過去。」

這麼一說，平常站在病榻的窗邊往下看的時候，文惠的肩膀便僵硬得不敢動彈，免得不經意的眼睛飄進了陰影。然而有時卻因為自己鬧著情緒，一拉開窗簾，那隱晦的東西還是很快映入眼底，好似整天整夜都在等著她。

一旦知道了禁忌，難得發現冬陽灑滿了草地，還是躊躇起來，除非母親抽空從工廠溜班過來，才扶著她下去曬幾分鐘的太陽。兩人背對著不想看到的那邊，像一對母女鳥棲在花壇的紅磚椅上並排著，一直到背脊出了汗都不願轉身過來。

「曬太陽可以減輕疼痛，醫生都這麼說了，妳還是每天去一下好。」

母親的工作實在脫不了身，她只好戴著墨鏡下去，坐上固定的位子才拿下來。穿廊經常出現白袍醫師領著病患家屬快跑而過的身影，紛紛在她背後拖著啜泣的尾音，這時她只好趕緊戴回墨鏡，擺出一副不想理睬的樣子走向樓廳的電梯。

然而半夜裡突然發作時，從背部痛到前胸，淚水跟著痙攣下來，這樣的時刻反而特別勇敢，恨不得滾到樓下穿過那棵榕樹，直接走進那條巷子算了。

疼痛的頻率逐漸增加後，悄悄發現會診醫師到了門口卻沒有進來，而母親掩著聲音在外面低泣著，她才明白其實無論再怎樣迴避，那可怕的一天好像真的就要來臨了。

「明天妳不要來了吧，陪那個叔叔去散散心，跟他說我不討厭了。」

母親轉身拭著眼角，拿著溫水瓶倒了一杯給她配藥的水。

「應該高興才對呀，媽媽，不然以後我怎麼放心妳。」

「胡說什麼，應該找幾個人跟妳作伴才對，每天才不會那麼漫長。」

她沉默下來。削著蘋果的母親突然說：「叫他來好了。」

整包藥剛送進嘴裡，被這奇怪的語意嗆著了，忍不住吐了出來。吐出來的藥丸有的溶開了，手心的唾沫浮著紅紅綠綠的泡影。母親看著她滿臉發皺的苦樣，反常地蹙起眉頭，只是靜靜地抽出衛生紙把她的手接住，一根根掏著指縫擦拭，不像平常嘔吐起來時哎呀唉呀地心疼著。

忽然聽不懂剛剛說的是哪一個「他」，才會這樣的狼狽呀，都被母親看在眼裡了。母親後來跑到護理站取藥回來，重新倒杯水，才轉開話題說：「剛剛和護士閒聊，聽說下午妳心情不錯喔，還在聯誼會裡唱了一首情歌。」

這時其實忽然又暈眩起來了，整個腦袋隨著一個大漩渦開始往下迴旋。面對著三個五個十個……逐漸飄忽起來的母親的幻影，她強撐著迷糊的瞳孔說：「清唱啦，可惜沒有唱完……。」

「聽說病得不輕，經常突然暈倒，最近還急救過兩次……。」

他的母親轉述著電話中的訊息，他靜靜地聽著。剛剛電話還在交談時他沒有插嘴，只是忽然有種預感，因為母親邊說邊看著他，神情有所顧忌，顯然對方和他有關。

果然過了不久，隱約聽見了一個女人在那邊哭泣的聲音。

「她希望你有空去看看她女兒。」母親說。

母親雖然沒有隱瞞，但剛才也沒有叫他接聽，這意思很明白，母親不希望再有任何瓜葛，兩個人的兩個世界已經清楚地隔開了。

「我已經把她拒絕了。」母親自認妥當，語氣冷冷地說。

他無法確認自己應該表達什麼意見，而且這通電話來得未免太過突兀。他甚至懷疑電話打錯了，卻又不像，文惠的媽媽如果把他看成另一人，那為什麼還能叫出他的名字。但如果電話要找的人確實就是他，那也非常荒謬，已經那麼久了，好像一列過站的火車突然倒退回來，若不是異鄉旅途偶然出現的夢境，應該也是要散不散的濃霧才會飄來這種幻影。

那年他和文惠熱戀時雖然分隔兩地，相思起來卻像深夜的一團火，寫過來回過去的信件經常就在時空中互燃起來。寫盡了心底話，一旦見了面，分明就是為了緊緊看著對方，兩人像在沉默中團圓，兩隻手藏在青澀的貼身中緊握著，一瞬間彷如兩條蚯蚓轉世成為戀人。

每個月初，他從南部搭客運再轉乘火車抵達站前廣場時，第一眼瞧見的就是她站在那裡東張西望的身影，多像一朵可愛的流雲。他有時就會故意放慢腳步，藏身在玻璃門內看著她的羞赧與焦急。他總覺得文惠是為了他才願意盛開的花，有時就因著這種感觸而捨不得馬上走出來叫喚她。

隔年的暑夏卻突然變成他的冬天。雖然見面延宕了兩個月，但他領到了一筆趕工獎金，那筆錢讓他乾癟的口袋飽滿又沉甸。他打算給她驚喜，給她更羞赧也更焦急，他們雖然曾經擁抱過，卻從來沒有機會待過無人的房間。

他預訂了敦化北路的五星級飯店，下榻後才打電話告訴她。他的內心被一股遲來的驕傲充滿，也聽得見自己的語氣微微顫抖，當他終於說出房間號碼的時候，感覺到全世界的人都在豎耳傾聽，但只有文惠聽得見他有點想哭的氣息。

還在飯店的地下樓買了兩朵鮮紅色的玫瑰花。

然而房間裡過了很久，他一直等不到門鈴聲，電話卻來了，她含糊地說著一家餐廳的名字，提議兩個人可以在外面邊吃邊談。那時他毫無警覺，不能體會愛情還有某種細微，也不懂一個女人如果說話帶著暗示，通常那隱藏在裡面的才是她真正的聲音。

她進來的時候，或者說她不得不進來的時候，他才發現那熟悉的長髮已經沒有繫在頸後，她姣好的臉孔被某些東西掩住了，被一綹亂髮，被一些陰影或者某種神祕的心靈。他以為那只是思念過久才有的錯覺，沒想到她確是沉著臉來見他的，眼睛並沒有看著他，進來房間後直接走到盡頭的窗下，一句話都沒說，只是漠漠然看著窗外逐漸黯淡下來的夜空。

那麼，他只好從後面抱住她了。

然而她慌張起來，她的驚恐猶如電觸，然後用她準確的背影閃開了。

「喔，不要這樣。」她說，抬起了雙手。

那嗓音緊急卻又特別輕，輕得只像捏著的灰塵扔到了空中。他在錯愕中感到有些羞愧，不是因為她的拒絕，而是她的兩隻手突然按在空中停住了，與其說她在防衛著自己，不如說那微微顫抖在手指間的是一種懇求，懇求他拋開任何念頭，停在原地不動，像個陌生人那樣地站在陌生的馬路邊。

然後她走到另一邊的牆角，臉上露出歉意並且對他苦笑著。

當年那個分手的瞬間就像一場雨，短驟的雨聲淹沒一切，窗外的景物在那當時是瑟縮起來的一團黑，像一片剔不掉的眼翳從此蒙住了去路，整個世界把他拋開後再也沒有回頭。

隔天他回到南部的家，才知道分手信也寄來了。面對面的時刻說不出的隱情，到了她筆下變成了深沉的重擊：

我遇到了一個和你同樣體貼的男人，雖然你身上有的，不見得他也有，但是……，但是我和他在一起比較開心。最近我們還因為共同的夢想，合組了一家小公司，我從他身邊看出去的都是遠景……。

那封信被他藏在防風外套裡，橋頭上看不到一顆發亮的星，仰望中的夜空和橋下的深谷一樣淒迷。他兩手緊緊插入口袋，想像自己是隻病鳥並且失去翅膀，不想因為眷戀而在途中有所反悔。然後他在闔眼中往前躍下，墜落的瞬間他聽見鬼哭神嚎，並沒有想像中的風的聲音。

母親替他拒絕了也好。只是他忽然陷入了迷惘。文惠生了什麼病，她母親為什麼那麼著急，想要表達的是什麼，打這通電話是文惠的意思嗎？

天井裡的花園若拋開大榕樹的限界，所剩的空間其實很小。文惠後來發現一個辦法，每次曬太陽的時候只要專心面對著花壇，眼睛就能避開各種聲音或者忽然飄過的幻象，才不會因為突然疏忽又瞟到了另一邊的陰影。

那時的花壇正好開著一大朵的黃斑花。它的花柱特別長，身上彷彿裹著厚重的黃絲緞，陽光出來時卻又開始變裝，渾身逐漸轉為橙紅，像個濃妝女人多穿了一件紅縷衣。

文惠坐了整個上午，第二天同個時間下來時，發現它的花瓣已經闔起，雖不綻開卻也不肯凋零，彷彿朝她打著啞謎，是新生的花苞等著陽光呢，還是昨天開過的那一朵遲遲不肯掉下來。

母親陪她走過來時，她順便問起它的名字，才第一次聽到朱槿。

「姓朱名槿呀，真像一個女人的名字。」

「俗稱的扶桑花啦，妳小時候的鄉下到處都有，單瓣的最多，花心長長的一條，風吹來的時候飄呀飄的，後來流行重瓣的改良種，花色也變多了。沒想到妳突然那麼好奇，我記得妳只喜歡玫瑰花。」

文惠沒有說出來。只覺得自己現在的身體，其實就像這朵扶桑花，明明就要凋謝了，卻還緊緊地包著花柱，像一把打不開的傘賭氣地對著天空。

若還要想得更多，嗯，過去的愛情，應該就是一樣短暫的扶桑花吧。

她和台北男友合組的公司撐不下去時，窮到連燈都開不亮，收報費的空手離開後竟還折回來拿走當天的報紙。她蹲在空蕩蕩的辦公室裡哭，才半年多而已，男朋友見苗頭不對開溜了，這件事最讓她痛心。如果那時已經見識過扶桑花，應該會有更多感觸吧，她所遭遇的夢幻簡直就是扶桑花的縮影。

母親大多夜裡來，睡前才離開，但有句話好像偷偷含在嘴裡，一直要等到她毫無防備的瞬間，才輕淡淡地溜到嘴邊，探著今天有誰來過了的意涵。

如果回答沒有，沒有任何人來過，母女兩人面對著孤單的病室，想也知道又要一起承受無言的憂傷。於是她只好說有，「有呀，來過好幾個了，妳問的是誰？」說完就沒有下文了。

母親想知道的，當然就是那個他吧。

他收到那封信後，如今多少年了，他應該結婚了，他有幾個男孩女孩了，他被她拋棄以後也許過得更好呢，母親想太多了。

然而還是來到了這一天。她在值班醫師巡房後，聽到了護士的悄悄話，有人來找她了，卻不肯上來，「奇怪耶，他說他不認識妳，除非妳想見他。」

她走到窗下，看到花壇邊上坐著一個人影。那張臉好熟悉，他的上半身披著夾克，其他的卻交給了一台輪椅，上面蓋著灰青色的毯子。她想看清楚那人會不會只是一個幻影，額頭卻猛猛地磕在玻璃上，把她堅持的頑固的扶桑花一樣的眼淚，一瞬間滴滴串串震落了下來。

# 飛機

你要吃什麼，今天我請客。麗姿說。

我們分開五年還能這麼好，好到一通電話說完就能聚在一起聊天。

她不論開心或難過都會找我，離婚像是她的遠足，路上除了嘮叨一些奇特的遭遇，有時隔壁房半夜吵架她也會打電話來訴苦。

一起喝咖啡也是常有的事。她是獨生女，家裡也只有獨身的母親，親族中像我這種屬於知己知彼的畢竟少，何況一個女人要是被識見了身體，除非她懷恨在心，不然把我看作她自己也是自然不過的。而且既然都離婚了，她當然也不會纏我，若是心裡有事不舒服，也只是躲進化妝室飲恨幾分鐘，再不就是悶悶地不說話，只要求我坐在旁邊喝咖啡等著她。

除了祕書工作的辛勞，她的話題不外就是男人。有誰用了爛招對她追求，有哪個傢伙和我一樣平庸，她都能娓娓道來。如果遇到好的，說話的調子就會稍稍揚起，兩個瞳孔頑皮地繞著圈子，想說卻又神祕，眼裡帶著終於和我分開的慶幸，小小地重溫著她小女孩一樣的羞赧。

朋友圈裡面，誰都知道她不屬於我，相差十來歲，何況美得太亮眼，熱情起來像要把我吃掉，然而等我逐漸被她撩起，她卻又冷靜下來，趴在床上抓著頭髮說：「不行，我們不應該再這樣下去了。」

聽來很像偷情男女的悔意，我們好到連分開都可以在床上商量。

認識第一天是在峇里島一場婚禮的親友團裡，我和她分屬於男女雙方的來賓，回程中我們卻已託人換位而黏膩地坐在一起。她好像有說不完的傾訴，當機長開始報告桃園機場的天氣和抵達時間，這時我的麗姿只是惆悵地頓了幾秒，那被切斷的往事彷彿特別讓她感傷，她只好暫時總結說：所以，我爸幾個月後就跟著過世了。

她應該是沒有任何一絲警覺吧，那時機艙裡吸引我的並不是她的美貌，而是那躲在髮隙中的一顆美人痣讓我分心了，它就在脣角橫對過來的左臉頰上頑皮地讓我牽掛著，時而跟著主人的悄悄話緊靠過來，一會兒卻又被她彎身取物的動作掩蔽在亂髮間。

為了留住那顆美人痣，我一路跟著她從機場奔向台北。那天晚上一直下著雨，雨聲似乎把她殘留在腦海裡的異國浪漫翻捲上來，她突然對著飯店窗外的雨幕說：喂，我嫁給你吧。

那樣的衝動只維持半年。她一個人搬出去後，快樂得讓我憂心。

就像這一次，問題終於來了，情況還有點複雜。

「你要吃什麼，今天我請客。」她說。

我想，這次是料錯了，還以為她的心情總是那麼好。我到了餐廳才發覺不對，她突然像個棄婦哀怨地靠著窗邊，等我剛坐下來，突然拿出一本週刊丟在桌上，直接翻出讓她生氣的那一頁，整張臉拗在一旁，叫我自己仔細看。

我當然看到了，看了幾遍還是一樣傻眼。

跨頁的版面落著「公會富商豔遊群模」的標題，底下則是鶯鶯燕燕的大合影。照片中間挺著那個富商的豬肚子，額頭下面當然就是色瞇瞇的豬眼睛。這並沒什麼看頭，新聞賣點卻是他伸出了一隻鹹豬手，剛好繞過旁邊的柳腰，兩根指頭赫然扳在高聳的乳峰下，像跌落山坑的瞬間那樣地不忍離開。

麗姿和這個富商正在交往，兩個月前她早就沉不住氣向我透露了，還要我幫忙調查他在建築界的風評。嗯，風評。像我這種小主管平常都聽得到他的種種傳聞，風評還能好到哪裡。他的公司很大，門楣上方經常掛著歡迎某某院長部長會長局長處長蒞臨的狗布條，也時不時強迫員工集合列隊在樓下等著捐血車，讓隔天幾家報紙把一張張淒愁的畫面登在房地產的新聞專刊。

最大的問題是他老婆還在山上養病，而他故意每天派一個特助去送離婚協議書，前後遞送了超過九十次。三個多月後一個放晴的日子，他老婆好像突然心情大好，騙開了貼身護士走到一棵樹下摘梅子，只摘了一顆含進嘴裡，突然就把腳下的凳子踢開了，從此像隻灰貓吊在那裡離開人間。

那時麗姿聽得有點暈眩，去了化妝室又走回來，臉上一陣青白。

週刊上當然沒有報導這一段，而是宣揚他從小只有一個寡母相依為命，房間搭在一窩豬舍旁，母子兩人窮到半夜鬧鬼也不會害怕，以及後來他如何含著眼淚從困頓中站起來……，然後最近的身價又因為土地而翻漲了幾倍。

他那滿臉的燦爛紅光要不是帶著淫邪的笑意，很像一輪夕陽。

我告訴麗姿，「該說的上次我都說過了，妳不是已經嚇到了嗎？」

「喂，你在避重就輕喔，我是在說旁邊這個女的，你看不出來嗎？」

她指著照片裡的臉，那被鹹豬手染指的表情毫不驚慌，還愉悅地笑著呢。

人世間任何解不開的難題，不都是出現在這樣令人迷惘的錯愕中嗎？

「你完蛋了啦，明明知道又裝糊塗，叫我以後要怎麼相信你。」

「是她又怎樣，我還有什麼好說的。」

「有呀，」麗姿突然打開她的皮包，拍著胸口做出想吐的樣子，才從包包裡捏出一個保鮮袋，裡面竟然是一片血跡泛黑的衛生棉。「這就是你的初戀情人黑妞嘛，你怎麼不說話了。好厲害的女人喔，一票模特跟他出國五天，偏偏只有她把這種東西塞到行李箱裡，想也知道是故意讓他難堪。一定是愛不到才要這種賤招啦，別人為什麼沒有像她這樣。」

「妳怎麼知道是黑妞放進去的？」

「不然還有誰，照片這麼清楚，你現在不是看到了嗎？」

「我早就勸妳離他遠一點，沒想到妳竟然搜得到這種東西。」

她一動不動地看著我，眼裡慢慢漂起了淚光。

「他太太是生病死的，才不是你說的那種。何況他對我很好，你知道那是多好嗎？嗯，你這種人怎麼會知道。三更半夜他的關節炎發作，還親自開著一部小車子來載我去吃東西。你光會批評人家外表怎樣，你好看又怎樣了。他說人生只要擁有一次真愛，讓他回復到貧窮老百姓的生活都無所謂了。他說他好喜歡這種感覺喔，還把我帶到河邊，對著那條河大聲叫著我的名字，你知道有多大聲嗎？河對面剛好有人在釣魚，一個接著一個跳起來打開了手電筒。」

「我也可以帶妳去爬玉山，把所有的台灣黑熊都叫醒給妳看。」

「反正你去把黑妞找出來嘛，你要是管得住她，我會這麼倒楣嗎？」

麗姿左臉上的美人痣，同樣的位置，黑妞那裡是個酒渦。

那時還沒有麗姿。或者讓我愚蠢地說，那時我們的世界裡沒有任何人。

我和黑妞的感情，說遠一點，我們曾經討論過房子要買在哪裡，每個月最少要存多少錢，而且多久以後她退出表演生涯和我走上紅毯。

然而最後的一夜，我們卻是在桃園的過境旅館裡度過的。

她執意要在那裡過夜，以便趕上清晨就要起飛的班機；那是一家房地產代銷業者為了歡慶銷售長紅的國外包機，她受邀參加長程飛行中的體驗表演，八個內衣女模要在三萬呎的高空來回走秀。

在那最糟的一刻，我想盡辦法阻擋她，連不該說的蠢話都說了。

「妳想想那一年我們怎麼認識的，不就是為了保護妳才認識的嗎？那工地秀的現場那麼簡陋，而妳一個人躲在棚架裡面換泳裝。請問妳怎麼躲？那幾個色情狂簡直就像餓鬼，偷窺嫌太慢了，直接用刀片把圍起來的帆布切開，難怪妳嚇得抱著胸部一直哭。而我為什麼要把那片破帆布硬擋下來，小小一個總務而已啊，像個傻瓜挺在那裡被他們打到眼睛鼻子都流血，這種事妳都忘了才怪。妳再想想，明天在飛機上誰來幫妳，花大錢幹那種事的會是什麼好東西，兩百多人擠在機艙裡面對妳虎視眈眈……。」

說完了，她的眼淚確實也掉了下來，靜靜地沒有吭聲。

然而第二天清晨，她還是走進了出境室，我的腦海從此卡在那個地方。

經歷那樣情境的我，最悲哀的當然就是麗姿要我去把她找出來。

黑妞妳如果聽得到，那妳說說看，就算找得到妳，還是原來的妳嗎？

事情是這樣的，黑妞，這個世界上，現在剛好還有個跟妳一樣的傻大姊，妳們雖然都是心地善良的女人，卻不幸同時愛上了一頭醜陋的豬。這樣好了，沒有辦法也要想出辦法，黑妞妳來跟她猜拳，妳出石頭一定贏，因為我最了解她了，她正在氣頭上，我會叫她出剪刀……。

黑妞，如果妳真的想贏……。

這天晚上我雖然安慰麗姿回去等消息，其實自己一點辦法都沒有，跑到酒館喝到微醺就不敢再喝了，因為知道一旦往事又撩出來細看，我一定又會趴在那個吧檯痛哭到無法走路回家。

黑妞當然連自己都忘了，她擁有任何一個模特都沒有的質感，至少對我而言，她像個處女那樣地謹守著我們之間的愛情。這麼說吧，在台北我們頂多偷偷擁抱，或者牽牽手，而且還是無人的深夜忽然一起走過街頭。我沒去過她那裡，自然她也沒到過我住的地方，看見她多半是在鎂光燈下，伸展台，國際車展，不然就是大型特展的公益走秀。進入眼底的黑妞都是動態的，因此我大可寧願透過電視，按靜音，對著她的眼睛，彷彿便能看見她靜靜地為我走來。就像你我平常關著門阻絕掉所有的噪音，然後遁入有點難堪的悲涼的想像，不就能夠看著某個深愛的人慢慢走進了我們的腦海嗎？

當然，我所期待的這一天終於來了。一個灰暗的早晨，我們相約在客運車站，見面時才知道她要帶我返鄉。聽起來，返鄉大約就是走一段遠路回到家鄉的概念。反正她就是要我跟她走，客運坐到台中，簡單的午飯後轉車到南投，從南投縣再深入很多山路的水里鄉，那時已經薄暮了，幾個釣客站在水里溪畔頻頻拋竿，我們走到小街附近的一家小旅舍時，她突然說：到了。

她要我自己進去訂房，然後看著錶，說了一個含糊的時間。

「吃晚飯的時候你就走到前面那個紅綠燈口右轉，那裡有一家阿李快炒，超級好吃，小時候每一年的元宵節，媽媽都會帶我來大吃一餐。」

然後她說她要回家了。也就是她說的返鄉。她招來一部計程車，探進窗內談了很久的價錢，車子才沿著夕陽的溪畔穿繞而去，消失在寫著「車埕」的路牌後方。

那天晚上我沒有出去享用阿李的快炒。旅舍老闆娘敲門兩次，頭一次送來熱水茶包，再來時應該是怕我尋短，聽到我漫應的聲音才加緊了腳步離開。我想了很久，我和黑妞畢竟是在台北都會討生活的人，她是怎麼了，約會那麼難嗎？一個可以在鎂光燈下輕解羅衫的女人，何苦帶著我顛簸了一整天，然後把我丟在這個偏鄉旅舍裡。

她終於進來的時候，已過了晚上十點，身上裹著老婦一樣的黑襖，關上門靠著板壁鬆了口氣，脫下了厚重的外衣，才又露出她那修長的體態來。她站在門邊靜靜看著我，察覺出我的臉上好像沒有怒意，才放心笑了起來，笑著我被她整了一天的遭遇吧，那左臉上的酒渦果然非常淘氣地漾開了。

外面正是乾寒的冬夜，然而房間裡面不見得就是乾柴烈火，我好不容易爬到她身邊時，她的衣著完好如初，滿口說著小時候她住在農場裡的回憶。

「你知道嗎？每年到了冬天就是枯木倒塌的時間，我光著腳一邊撿柴，一邊轉頭看著有什麼恐怖的怪物突然跳出來。」

那薄翼一樣的內衣被我扯開後，她卻把另一邊的肩帶緊緊壓住了，「還沒念小學的時候，我家就有一大片的高麗菜園，每次豐收都是我爸把整卡車的高麗菜運出去批發。有一天下大雨，你知道那種山路旁邊都是斷崖，我們都勸他不要冒險，但他就是堅持要下山，他說只有這種暴風雨才賣得到最好的價錢……，你有在聽嗎？」

我放下她的大腿說：「有啊，妳繼續說。」

「那我說到哪裡？」

「你爸爸也太不小心了，下雨天開車⋯⋯。」

「神經病，他外面有女人啦，」她把棉被拉到了胸口，「我媽哭到天亮也沒用，聽說他連卡車都賣掉了，跟那個女人到處跑夜市賣胃腸藥。」

「後來呢？」我乾脆擠到她的棉被裡。

「還有什麼後來，搬家了啦，以後見到我媽你絕對會嚇一跳，她種菜種到駝背，只好搬到山下開了一家木炭行。」

其實在那樣的夜晚，在那一直讓我分心的種種撩撥中，我完全明白她在說什麼，也知道她為什麼要對我說了那麼多。她把我當成一個深愛的人了，才會在那樣的山間旅舍說著自己的故事。當我氣喘吁吁地抬起她的大腿時，她甚至抱怨了起來，「你不要只顧自己嘛，你真的有在聽嗎？你知道我們那裡的野生鱒魚有多大嗎⋯⋯。」

那些又肥又大的鱒魚，似乎都在過境旅館的颱風夜裡被洪水沖走了。

如果這個世界沒有飛機就好了。
沒有飛機的往事是那麼動人，如今我去哪裡尋找沒有飛機的地方。

# 暮遲

鄉間女子高中的校友會，幾個遠嫁外地的同學相約回來，聚在往日的青澀小徑上嘰喳不停，她們帶來的孩子彼此混熟了，前後堵在一條田溝上撈魚。三月遲春正在樹上抽芽，以前她們最討厭的後操場如今滿園的木棉花，牆外的水田一晃眼都不見了，整排新建的校舍從東邊攔住了溫熙的陽光。

她們聊完那些懷念的青春物事，忍不住的歡悅聲才稍稍減緩，轉為一種感嘆時空飛逝的悵惘，卻又覺得有些記憶還沒說完，後來終於想到的時候，幾乎同時叫了起來。

「對呀，林莉雅人呢？」

「她家就在附近，應該最早到的呀。」

一陣的齊聲吶問，有了共鳴後卻還是看不到人影。有人開始翻著聯絡簿嘀咕著，有的猛撥手機到處打聽。春天再度雀躍起來，小孩在田溝那邊直喊著他們抓到魚了。

「以前嫉妒她什麼都比我強，現在反而替她擔心了。」

「那麼善良的人，不應該現在……。」

感嘆的氣息圍攏起來。一個談到自己車禍受傷那段日子，每次的體育課，莉雅總是上到一半就溜進教室來替她把風，讓她不用多跑一趟廁所，直接就在輪椅上扯下濕漏的紙尿褲，再把乾淨的備份換上來。那幾個動作遲緩而緊張，但莉雅就是那麼貼心，一直對著窗外的走廊唱歌，故意唱得很慢，慢得好像連自己都陶醉進去了，最後才拖著尾音轉身過來。

「聽說過得不好，還是一個人。」

「真的嗎，真的嗎？」

是真的。做外銷的同學舉著幾年前親眼見到的例子，說有天晚上陪客戶去酒店應酬，毛巾、水果上桌後，媽媽桑進來包廂點枱，背後躲著一個羞答答的女子。媽媽桑推薦她是新來的，以前也沒有上過這種班，說著從後面把她拉到身邊，穿著一襲開衩旗袍，兩手扭在後面，那張臉垂得很低，劉海都掉下來了，不得不撩起頭髮睜開眼睛時，突然又轉身跑了出去。

「我想她發現我了。」

有人拭著眼角，校園的鐘聲穿過活動訊息的廣播聲叮咚而來。

當過一年班長的同學說：「淑娟妳跟她最好了，說說她的近況嘛。」

淑娟本來默不吭聲，但也不希望話題越扯越遠，這時只好淡淡地說：「莉雅學的是護理，這幾年已經回到本行了。今天的校友會還是她邀我來的。她沒有理由不來，就算有事耽擱，應該很快就到了。」

她盯著行政大樓的入口，可惜那邊一直沒有熟悉的人影，倒是會場中開始有人走了出去。她暗自算了一下，大約已經十年了，那天下午看到的林莉雅是傷心崩潰的，哭得難以收拾，只能靠在她肩膀上不斷抽噎著。後來她才知道莉雅的婚事變了卦，對方的父親拒絕見她，那男人竟也跟著一走了之。

去酒店上班，或是想不開跑到旅舍裡割腕，這些事情淑娟都知道。一個女人自棄的途徑有千百種，談不上對與錯，但至少現在的莉雅已經走了出來。

「我也好想看到她喔。」另一個同學說。

這天午後同個時間，一通電話打進診所時，莉雅已經請假趕回家。

空蕩蕩的屋子飄著護士服的藥水味，她把房門掩上，洗澡準備出門。兩點三十分的火車，抵達台北四點，他會到車站接她。他父親終於答應了。

這次是真的。

前些日子那幾通纏人的電話不算，正確地說，應該是上週五，下午，開著一部黑亮亮的跑車來到診所。是他沒錯，電話說破了嘴，直接找上門來。

那時她提著垃圾袋閃過他，走出診所站在路邊，等著斜對面那輛環保車趕快開過來。「我真該死。」他跟在後面說。

連說了四次，她的眼淚才掉下來。然而一個護士是不能這樣哭的，這是小鎮的路邊，路過者她都認得，平常都是她在配藥室裡安慰著這些人。

但他後來說：「求求妳給我機會，我父親都答應了。」

他從車上捧出一堆伴手禮，直接拿進去擱在那排候診椅上，接著又鑽進車子裡取出名片遞上來，彷彿過去種種只是午夜狂醉的邂逅，此刻的面對面才是真正的初相逢。荒謬的人世才有這麼可笑的日常吧，她的淚水忍在眼裡翻滾，一手提著垃圾袋，另一隻手把他的名片握得死緊，像要把名字捏碎，卻又暗自慶幸著自己沒有死，才有這樣悲哀的一種機緣忽然又來到眼前。

校友會還在舉行，從這裡走過去十分鐘，一群老同學應該都在校園裡，可惜這次她要錯過了。她已決定要給自己機會，此刻只剩下穿衣化妝的時間。

出門的衣服不難。她有幾件做公關祕書時留下來的套裝，隨便穿上哪件總有人想多看一眼；也有更早以前媽媽桑教她怎麼亮相的針織低領長衫，每次繫上薄細的腰帶後，便如蛇蠍一樣露出滑溜的曲線來；不然也有昨晚考慮過的另一件雪紡上衣，應該配得上可可色的長裙，去年的同事婚禮中只穿過那麼一次，其實合身極了。

然而臨出門的這個瞬間，不禁想起的還是那一年突然來到的悲傷。

那天早上母女兩人還沉浸在歡愉的情緒中，母親為她拍著脂粉，擔心她一到陌生環境馬上嚇出臉上的蒼白。那時衣服還沒穿好，旁邊的電話就響了，以為是他迫不及待又來催趕，她興奮的嗓音飄得特別高，幾乎走調了。

「你放心，十點的火車，而且我現在就要出門了。」

「不是，妳聽我說，妳就……不要來了。」

那時母親端來一杯茶，驚詫中停下來看著她。她放下話筒無法啟齒，難以抵擋那被拒絕的羞恥，恍惚中只知道兩邊的腮紅特別紅，紅得那幾滴淚水無處可逃，掉在領口暈紅了一片，成了被玷汙的記憶一直殘留到今天。

淚跡雖然洗淨了，永遠的汙漬卻留在心頭，就像盲人走過深夜，聞到不一樣的聲音氣味，那種酸楚無處不在，就算看不見還是緊緊地跟在身邊。

母親熬到前年最後的秋天，病榻上一直流著那樣不甘心的淚水，死的時候不夠老，臉上盡是無法放下的牽掛，在那不忍離去的哀愁中不願闔上眼睛。

她拿了一張凳子過來墊腳，打開了衣櫥的最上層。

那年沒有穿出門的就是這件洋裝，拆掉封套後依然完好如初，像一只早就摺好的紙飛機等待試飛，沒想到一場雨下了十年，直到今天才正式放晴。

如果母親還在，一定會說這件洋裝其實已經不適合她穿了。

然而不把失去的穿回來，好像更沒有機會成為真正的女人吧。

鴿灰色的蕾絲棉，映襯著裡層的紫紋花，小蓬裙滾著荷葉飄起來。

她從車子裡下來，發現自己突然處身在雲霧中，剛剛穿過的山路都在她的腳下迂迴著。天色漫出了薄陰，眼前的山谷卻像夢中一樣青翠，空氣中還有一種旋律流動著，她為了細聽那聲音究竟是什麼，差點讓自己暈眩了進去。

原來這裡就是他家的陽明山。偌大的院子裡，三層樓的別墅像一艘船，前後開著雅致的舷窗，她一想到他父親可能就在哪個窗口看著她，馬上暗暗一驚，趕緊縮身回到廊下，跟在他後面走上了門前的石階。

「如果妳累了，可以先在樓下客房休息。」

一點都不會，她說。兩人搭電梯直抵三樓，出來就是個開闊的廳堂，長列的橢圓沙發環住三面大牆，坐在沙發上剛好看到他父親緊閉的房間。

「重要的親友才會上來這裡。」

他叫來兩個外傭，吩咐一個下去煮咖啡，一個被他留下來，「阿喜，老爹怎麼樣，還要睡多久？」

「不知道，他看電視很久，才進去十分鐘。」

他貼著她坐下，「恐怕還要再等等，妳放輕鬆，很快就沒事了。」

她摸索著話中的含意，阿喜已被他支開了。他窩進沙發半躺下來，伸著長長的雙腿擱在几上，張開兩隻手臂架在椅背上端，一隻夾著他那邊的香煙，一隻用來摸弄她的頭髮。他的指尖捏著髮腳，偶爾試著輕輕拉扯，像要把某種神祕暗號打進她的腦海。

指尖慢慢來到了耳垂，接著爬到領口後面，像隻蠍子發現了縫隙，開始探進長長的細爪輕輕搔她。她很訝異他變得如此輕率，以前那麼敬畏他的父親才把她排除在外，此刻卻能這樣地漫不經心。她搖晃自己的脖子，兩肩往外撐緊，那蠍子才趁勢退了出來。

明年的四十歲就過去了，有誰步上中年還在預習這種愛戀，她忽然感到有些羞恥，不明白為什麼那麼快就答應他，上午還在診所忙著包藥呢，一晃眼已經坐在這裡等著那即將走出來的老人。

整天她還沒進食，腸子裡暗暗咕嚕著，幸好他提到了晚餐，「山下的餐廳本來都預訂好了，我看這樣，既然他剛剛才進去睡覺，不如我去餐廳叫他們打包，晚上我們就在樓下的客廳用餐。」

他拿對講機吩咐樓下準備擺盤，又叫來了阿喜，「妳在這裡等著，老爹叫妳才進去，反正等我回來再說。」

他離開後，阿喜怯怯地看著她，「太太，妳最漂亮。」

「妳在這裡見過幾個太太？」

阿喜被她一問，笑笑地不敢搭腔了。其實只是問著好玩，這些年多少看過他上了新聞，大抵就是富二代的接班、離異和偶然穿插的風流韻事。看著報紙的時候她當作別人的事，沒想到自己現在也走了進來。

「妳叫錯了，我是第一次來這裡。」

「少爺要找一個護士，原來就是妳喔。」

「為什麼要找護士？」

「老爹生病了嘛，少爺說護士才會照顧，我像笨豬。」

啊，她發覺自己的心臟跳出了胸口，裡面剩下一陣空，像潮汐走過的沙灘那樣迷惘。她強撐著冷靜下來，追問她所謂的老爹究竟是……。

「我很怕，想要回家。」阿喜說。

「妳又不是我，有什麼好怕的。」

「老爹要看我洗澡，洗澡的時候不可以關門。」

印尼來的女孩，小小的雀斑臉，擠著兩隻驚懼的眼睛。

「少爺知道嗎？」

「我有講，他罵我，回家的機票不給我。」

還沒說完，天花板下倏然響起一聲吁喘的擴音。阿喜吐吐舌頭，急著跑去把大燈開亮了，這時她才發現窗外的綠野已經灰暗下來。

她不安地望向走道，阿喜已經一溜煙跑進了那個房間。

她打直上身，懊惱著今天根本不該來。這時突然發覺自己的裙子變短了，白白的膝蓋往上裸出一截，兩手覆上了，腿側還是見了光。出門時並沒有察覺，坐在火車廂裡也看不出異樣，偏偏是這個時刻……，她急得趕快站起來。

房門終於打開了，她繃緊著神經，看見的卻是一台輪椅緩緩推出來。竟然就是他的父親嗎，他的臉往外傾斜著，嘴角跟著提上去，上面吊著一隻黏住的眼睛。輪椅推過來時，那臉上的樣子像在說話，聲音卻含在嘴裡。

「老爹叫妳坐。」阿喜說。

她只好坐下，看見他腿上披著毛毯，兩腳露在毯外，一隻浮腫泛紅，另一隻套著黑襪子，很像兩個人坐在輪椅上，其中一人躲起來。

為了見這一面，前後耗掉十年，答應見她的人卻已經瞎了眼睛。

她不明白這是什麼道理，一路上他對父親的事隻字不提，表現一派輕鬆，讓她錯覺自己雖然孤寂半生，總算還有那麼一點苦盡甘來的尊嚴。現在她知道了，她只配得上眼前這副殘肢，這個父親倘若還有當年的豪門氣燄，輪不到她坐在這裡看著他。

她不知道該說什麼，轉向阿喜看著，忍著眼淚不掉下來。

「妳不要怕，他是中風啦。」

阿喜說著，從輪椅的掛袋取來水杯，插上了吸管後塞進他嘴裡。那張嘴不喝，咬住了吸管咿喔著，杯底不斷冒出水泡，映出他氣怒而漲紅的臉。這時阿喜默契地蹲到他臉下，讓那一串模糊的聲音灌進耳裡。

「老爹說妳有什麼事，妳叫什麼名字。」

果然只是一場騙局。

「跟他說我叫林青霞。」

「老爹，你聽到了嗎，她叫做林青霞。」

她覺得再待下去就要窒息了，轉身找著皮包，回頭才意識到輪椅上還有一隻完好的眼睛盯著她。她被那隻壞掉的眼睛騙了，原來另一隻已經悄悄鑽進了她的蓬裙裡，應該是看得入神了，直勾勾地動也不動，連那隻壞掉的也搶著要睜開似地，眼皮斜斜地吊在額頭上面顫動著。

這時她終於惱怒著了，突然不想繼續護住她的短裙，她甚至悄悄張開了膝蓋，果然那蜥蜴般的瞳孔幾乎快要滾落下來。這太好玩了，她悲哀地笑著。她收回了膝蓋，把她的右腿往外擺開，果然又勾動了貪饞的眼色，那孤獨的眼睛清而深邃，大概承受不住裙子裡面的神祕牽引，忽然用力眨了一下，終於泛出了薄薄的寂寞的水光。

她想著應該還有什麼更好玩的吧，也只有這麼一次了。她乾脆把她本來嫌短的裙尾撩高起來，慷慨地露出她白皙的腿股如同妓女一般。但這是要他付出代價的，那隻眼睛不得不跟著快轉，轉到暈眩而陷入茫然。因為她忽然變起魔術來了，裙子快快撩起卻又黯然掩上，然後重來，一下子有，一下子沒有，像她的命運那樣地裸露在一次次可悲的瞬光之中。

重複著這樣的遊戲時，那傾斜的臉孔急著轉正而噢噢噢地聒叫著。

「老爹在高興啦。」阿喜拍著手笑起來，「姊姊，妳好可愛喲。」

十年前如果你也這樣，那時大概就不會拒絕我了。

她看了老人最後一眼，終究忍著沒有說出來，拿著皮包就往樓下衝，阿喜跟在後面跑，喊著姊姊、姊姊，少爺快要回來了啦。

外面全都黑了，只有三月的寒氣迎面撲來。

# 老樣子

李原換了一張臉，蹙著眉的額頭紋總算撫平了，臉頰的凹陷處也比以前豐盈，粗糙的皮膚像一張砂紙拋光了礪面。茱麗每次押他上診，看到最後大概覺得再好不過如此，才點了頭答應嫁給他。

但有附帶條件，婚後每週要陪她看場電影、聽演唱會或參加朋友的派對。青春世代他也曾有過，可以理解這種女孩都有一顆害怕寂寞的心。他盡量配合，也願意自我要求，每天早晨沿著住家附近的校園周邊慢跑十五圈，碰到熟人便低著頭，除非對方叫著他，才邊跑邊漫應著，然後溜進巷子，再從馬路的另一端消失。

還有個要求，衣櫥裡被她挖出來的相簿，這幾天他要負責清除。

「你自己想想嘛，娶我進來，房間裡都是前妻的照片，那我算什麼，哪有這樣的事，不嫁了啦。」一邊跺著腳，十幾本相簿丟給他。

其中兩本是他和郁子從訂婚、迎親到潑水踩瓦的跟拍照，車頂上綁著十多年前的老甘蔗，如今還那般鮮亮地拖著綠葉的尾影。還有幾本是他們婚前留下來的愛戀，那時的郁子還沒有鬈髮，總是飄著髮絲偎在他肩膀上。

茱麗忍不住氣怒，大約就是這些畫面惹惱了她。

如果相簿只有一本，挖個洞藏起來也不難。但要處理這一大疊，除非藏到獨居的母親那裡。可是郁子畢竟還活著，要把這些不礙事的紀念送走，反而有股說不出來的不安，怎麼說都好像捧著骨灰拿去什麼地方安置的感覺。

「那你就還給她本人嘛，不然以後我怎麼睡在這裡。」

李原覺得這樣的要求也很實際，相簿雖然都是闔起來的，難說不像一雙隱密的眼睛隨時盯著她。她每幾天跑來過夜時，喜歡光著身子到處走，連一隻壁虎都想看她幾眼，年輕就是這麼好，脫光了衣服不僅一派天真，嘴上還吃定了他的歲差，動不動就戲稱他像死去的老爸，拗起女兒般的嬌嗔時有得受的，光是這些相簿她就鬧了好幾天。

不只要把相簿拿走，也要求他把老舊的隔間敲掉。她找來的設計師建議小孩房改成更衣室，洗澡間用來伺候一大池的按摩浴缸，客廳旁邊的櫃子也將消失了，他的書房就像黃昏的玩伴解散後剩下來的一堵牆。

「到了夏天我們可以睡地板呀，好像躺在草原上睡著了。」

她媽媽也來過了，臉上橫著一股不倫戀的恨意，進門後四處走走停停，似乎覺得房子還不算小，勉強坐上沙發終於蹺起腳來。

這門親事看來談到了美好的尾聲，暗地裡他卻已經開始後悔。

茱麗的腿股間有幾道自殘的刀傷，手腕上也有，隨著冷天還能搭上袖管，到了夏季就要煩惱怎麼遮掩了。做媽媽的也許根本不知道這種事，只想著四十多歲的男人把她女兒糟蹋了。

他是在夜店裡碰到她才折騰到如今無法脫身。那天晚上的舞池燈光旖旎，一曲終了她還貼著不走，回到包廂後繼續傾訴到凌晨，把她過早的愛情慘遇一次說完後，當天晚上來到了他的房間。

那時純粹只是揀便宜的玩念，不知道她酒醒後竟然一副世故的精敏。房子是誰的，存款有多少，確定離婚了嗎，弄清楚以後馬上帶來了簡便行李，說她需要他的呵護，因為從小就沒有了父親。這時他其實還有機會脫身，夜店暫且不去沾染，鎖上房子後躲到一家賓館住了幾天，沒想到一天中午悄悄回家探看究竟時，發現她穿著好像幾天沒換的衣服，靠在門口的地上睡著了。

「我真的累壞了，都沒有浪費掉你不在家的時間喔。」

她拜訪了所有的鄰居，每家送了一盒糖果，說是婚後就要住進來的一份見面禮。他本來還不相信，後來一個不熟的婦人站在路邊告訴他，你的女兒好貼心好獨立喔，自己的婚事都不麻煩父母親。

情傷裡走出來的女孩，在他面前快樂得像隻小鳥，看著她身上的刀痕慢慢消失時，他反而開始恐慌起來，怕她這些傷口的復原都是短暫的，不知道她什麼時候又鬧起脾氣來，跟她說話特別小心，如果她稍稍皺個眉頭，他就知道該說什麼話來附和了。

不禁想起如果郁子還在這個家，要他守什麼本分，高興都來不及。

老房子翻新還比較簡單，讓他徬徨的是這些相簿的歸屬，兩人各有一半，送出去和留下來其實一樣困難。他不覺得和郁子之間有什麼事解不開，五年前兩個印章是同時蓋下去的，彼此都顧到了面子，卻沒想到失去的都在相簿裡，這樣滿滿一大疊的記憶，一旦拿走就什麼都沒有了。

他試著打電話，說不到兩句，郁子就把他掛斷了。

「你怎麼沒有說清楚，怕我聽喔。」茱麗溜著眼睛說。

「我和她本來就有一些問題……。」

「我看我們一起拿給她比較安全，免得你們舊情復燃。」

過了今晚，這女孩總要出去逛逛街吧，那時他就可以好好講電話了。剛才自己的語氣可能太急，郁子感到心煩也是難免的。郁子妳過得好嗎？還好就好。我也還可以啦。我突然想跟妳約個時間。妳什麼時候有空。醫院裡還是那麼忙嗎？我們多久……多久沒有……。

想到這裡不禁有點感傷，茱麗走過來時，幸好看不到他的腦海。

郁子當班都是蹦著碎步走，繫在後面的粉色帶子飄晃著，手上的鋁盤滑出針管碰撞的金屬聲。來囉。住院病人聽了聲音就知道今天又是郁子的班，都會乖乖挽起袖管等待著。她進來時每隻眼睛都準備好了，看著她從裡間最後一床先來，有的直接挨針，有的只是量量血壓體溫，枯索的病室卻彷彿響起一曲音樂無聲地穿流著，包括她用鞋尖把尿壺推進床下，把一些撩得太高的袖子抓回來丟進被窩，都像個瑣碎的母親那樣細膩地搭配著旋律忙碌著。

然後一天從這裡開始，她拉開窗簾，兩手朝著外面揮擺，慢性病樓層一瞬間映入了朝陽，整個房間開始飄出她亮吟吟的聲音。比昨天好，那就真的快好了。吞嚥的時候還痛呀，那我寫下來。傻瓜，尿太多，總比沒尿好嘛。對對對，請你繼續注意那個人有沒有出去抽煙，我一定會跟他的醫生告狀的。好了，現在你們還有需要我幫忙的嗎？

說完之後，病室空了大半，紛紛響應了她的叮嚀，一個個挪身拐腳到陽光下的庭院裡踢腿練操。一有空就會下去點名的郁子，喜歡向他們抱怨並且撒嬌，當個護士好辛苦喲，你們看，還有誰誰誰偷懶到現在不肯下來。

在這樣那樣的奔忙中，總有很多個瞬間讓她看到誰的病床又清空了，接著又一個半殘人垂著老淚補進來，被兒女們半哄半騙扶上床，然後在第二天空盼著門外發呆。郁子從少女當了護士以來看到的便是這樣的人生，誰都會老，包括自己，還有李原，與其兩人虛耗著歲月，不如分開各自尋找未來。

出院的小妹妹把她的圓臉畫上卡片，白衣長出了一對翅膀。

也有病患回鄉很多年了，過節時寄來一簍簍的水果指名送給她。
郁子變得開朗起來，護理站的同事最近還聽到了傳聞，有個姓周的歐吉桑追她追得很緊，為了她還特地跑來醫院做全身健康檢查。
「好不容易走了出來，再進去那就糟了。」
「女人最怕越嫁越回去，阿貓阿狗之後都嘛嫁給老虎。」
郁子回來護理站取藥時，意識到她們話到一半噤了下來，想也知道又在背後說她。送藥回來時假裝十分不悅，卻又不習慣一直擺著臉，憋不到很久還是忍不住笑了起來。
「有什麼好笑的，我們還不是為妳著想。」
「我笑妳們在說的那個人，那天在樓上做心肺測試，追不上跑步機，跑得又急又喘，以前我父親也曾這樣，為了我媽只好去買高額保險。」
「原來他來做體檢就是為了投保呀，一定是把妳當受益人了。」
嗯，她吞著口水說。嗯，繼續笑著，看她們那麼吃驚，故意猛點頭。
「他發現我上去看他，趕緊用力踩，像一顆保齡球快要滾到邊溝裡。」
「笑得那麼開心是為什麼，被他感動啦？」

當然不可能嫁給他，才覺得特別好笑吧，郁子想。

前陣子倒是答應看了一場電影，剛巧是老少戀的劇情，湖岸風光綺麗，一條小船在湖心晃盪老半天，看得她暈暈轉就歪著頭睡著了，散場才發現右手被他勾進毛衣外套裡，抽回來才清醒過來。

周先生是個器材商，妻子不在了，六十歲的腦袋大約就是那種款式，開始注重養生，卻又害怕活著的寂寞，只好找個年輕伴侶來過老日子。他主動提起數字驚人的投保計畫，語中充滿暗示，包括現住的房子，以後的這些那些他都不會帶走。她想到的卻是十年後他坐上輪椅，死神隨時會來取悅她，把她一夜之間變成有錢的遺孀，那時再物色一個老伴來美化晚年的淒涼。

比起別人的窮追不捨，她才知道李原從來沒有珍惜她。昨天那通電話沒頭沒尾，既沒稱呼還一樣粗魯，好像電話打來她就應該負責傾聽，那種可有可無的態度一直以來最傷她的心。

她喝完杯子裡的茶，準備再去巡看各房的點滴架，背後一陣鈴響把她叫住了，她看見護理長邊接電話邊朝她招著手，等她過來時話筒卻還握在手上。護理長聽著又笑著，還拉著椅子坐下來，郁子看不懂那是誰的來電，護理評鑑又得獎了嗎，或是她請調分院的事情已經批准下來……。

「她在這裡，你要不要跟她說，好啦，不然我轉告她。」

對方掛斷了，護理長緩頰說：「是妳前夫啦，講話變客氣了，怕妳生氣只好找我談。我看就給他機會吧，說不定他變好了。」

依約來到咖啡館的郁子，坐在門外的條椅上。

她不想單獨約這種會，覺得這個李原十分可疑，日子已經撐過來了，女兒也上了小學，這時突然要求見面是沒道理的，何況本來就是個散漫的男人，忽然正經起來那更加奇怪。她想拒絕，卻又擔心他打什麼壞主意，只好臨時找個人幫腔，至少碰到什麼狀況時可以做做樣子。

周先生準時出現了。他特別穿來一套灰西裝，看來果真像個大人物可以幫她撐場。她站起來拉拉裙襬，不放心只好重複叮嚀，「你不用說話，既然我也不知道他要做什麼，你在旁邊聽著就好。」

研商妥當後兩人才一起走進咖啡館，郁子給出幾根指頭，輕輕勾在他的肘彎上。路上她都想好了，這樣的姿態也可以吃吃李原的豆腐，預防他臨時翻出什麼老帳來糾纏。

沒想到迎面看見的那張方桌上，他的身邊多出了一雙發亮的大眼睛。長髮披肩，白幼幼的臉，貼在他手臂上眨著妖光。桌面只有三套餐盤，擺明就是兩個人結夥衝著她來的。看來周先生是來對了。

服務生過來補位，周先生就著新餐盤坐下，剛好對著女生的瓜子臉。長得是很端正，不能因為酸溜溜就說人家醜，眼睛鼻子都沒話說，皮膚應該也很細緻，李原如果上過床應該會更清楚。事實上也是一副已經上過床的刁蠻，惟恐別人不知她擁有一個奸夫，下巴掛在他肩膀上就是不肯放下來。若要挑剔這女生的外表有什麼差錯，那就壞在眼睛太精靈，溜了三圈才停，沒看過一個女人的狐狸氣在這小小年紀就這麼誇張。

李原總該說說話了吧。郁子看著面前的杯子，心裡數到三，果然還聽不到他開口，他這種懦弱一點都沒變，氣氛弄得鬼裡鬼氣，沒事都變有事了。

「你說話嘛。」女生推著肩膀，他這才彎下腰，把地上的大袋子提上來，看著郁子說：「這些東西……，妳忘了拿走。」

這是郁子沒有想到的，但她頓時明白了。

女生竟然插嘴說：「裡面都是妳以前的相片啦。」

她還當著大家的面把袋子打開了，一本本相簿瞬間滾落在桌上，有一本還自動彈開了內頁，像某些個非常隱密的心靈被人揭發了出來。周先生一眼盯出那裡面的郁子，連聲驚呼長得真美。女生跟著湊上來說：「那當然囉，姊姊上相呀，一點都看不出年紀。」

說完乾脆把相簿掃到自己面前，一頁頁翻給周先生過目，沒多久他彷彿已經沉吟進去，一直嗯嗯啊啊地陶醉著。

女生繼續翻著，彷彿當著笑話欣賞他們的戀情，一翻就來到了千禧年第一天的台東。「哇，這一張好美，這是哪裡的海邊呀，你都沒有帶我去。」轉頭對著李原嘟著嘴。

郁子有些惱怒，卻已經說不出話來。

那時天未亮，李原把她搖醒，把她裹進羽絨衣，把她帶到觀日的平台。那時好冷啊，太陽一直出不來，郁子想起那天的海灘沙沙地漂流著。

她現在只能看著窗外了，外面下雨了，街道隔著玻璃很安靜，兩隻鳥一前一後撲進了廊簷。她想起離婚那天也是這樣的雨，走出了戶政所，李原給她一把傘，她沒有撐開，把它斜插在手提袋裡，走了一段路攔車，心裡捨不得的就是這些相簿沒有帶走。那是她留給他的回憶，故意藏在衣櫃裡，想他如果有一天清醒那就來得及，這些相片中到處找得到和她復合的契機。

沒想到是被兩個外人這樣地品頭論足。郁子從雨中回過神，發現一老一少已有驚人的進展，女生忽然站在周先生背後了，「周大哥，這裡還有他們女兒週歲的照片喔，我翻給你看。」

「嗯，很可愛，像媽媽。」

「李原那時候比較瘦，但是看起來比現在有氣質多了。」

「妳說的是哪一張？」

「剛剛我翻過去了。後面還有，周大哥，這些相片看不完的啦。」

郁子很想起身離開，卻覺得兩腿發軟站不起來。

李原也有很多話想說，從郁子剛剛走進來的時候他就想說了，可惜不是兩個人的場合，當然最主要是他一直對不上郁子的眼睛。

# 妹妹

人生的轉運莫過於乍然出現的一線生機，葉欣這回逮到了。

一個餐會中偶然攀上的富二代，幾杯花酒下肚，相中了他在公關領域的長才，把他挖過來就給出特別助理的頭銜，取代了一個待退老臣的差事，連房間也讓出來給他，否則今天他還蟄伏在一條永遠爬不出寒冬的巷弄裡。

到職一個月過八天，美好的習慣很快就養成了，他每早走進自己的房間，先在椅背上深深一躺，然後兩腿一伸，眼前便出現了半個台北的天空，遲來的冬陽一下子把他撫慰得醉茫茫。

新公司一塵不染，他的房間雖然不大，看出去的大廳卻是一大群埋頭苦幹的背影，連一枝誰的原子筆掉在地上都逃不出他的眼睛。

上午十點整。年輕老闆如果晚間不應酬，到班通常就是這個時間。葉欣等著向他報告前進中國展店的最新掌握，一切如常進行，就像幾天前他在記者會上公開的好消息那樣振奮人心。

等待的空檔，他突然瞄到兩個洗牆工人晃進了眼角，慢慢垂降在他這個樓層的窗邊，一個推著長刷，一個卻把整張臉貼在反射玻璃上朝他張望著。這愚蠢的偷窺把他樂壞了，這是從外面看不進來的玻璃，他卻能清楚地看著對方擠壓的鼻形，扁平，蒼白，等待著房間裡面現出奇蹟。

葉欣捨不得放掉這個天外飛來的巧遇，他乾脆對著玻璃哈出大口霧氣，果然那張臉霎時驚嚇過度了，洗窗機的吊欄剎那間像一艘破船飄晃起來。

小小的鬧劇剛過不久，門外的辦公廳忽然滾起了一陣騷動聲。

只見伏案中的腦袋紛紛抬起來張望著，走道那邊顯然出現了異樣。然後他也聽見了，一雙高跟鞋正在朝他走來，喀，喀喀，喀喀喀喀，一聲慢卻又一聲快，好像邊走邊找人。那嬌滴滴的高跟鞋終於停下來時，人已經倚在房門口，長髮垂肩，細腰高挺，低胸白到臉上，兩眼對他瞇著笑意，然後舉著小手輕扣著，恍如一記濁世的清音敲上他的心頭。

她穿著雪紡短上衣，走進來卻又穿過他眼前，直接走到櫃子旁瀏覽一番，拿起他的高爾夫獎杯端詳一陣，然後繞到他背後的窗邊，對著外面整排的紅色楓葉哇了一聲，那嗓音充滿了小女孩的純真，真想轉身把她攬過來看個仔細。

錯愕中的葉欣只能在他的旋轉椅上呆坐著，想問她從何而來，眼尾卻已飄來了一個圓滾滾的小屁股，它好像被她黑色的窄裙極力挽留著，眼看就要從裡面的束縛中繃出來。

外面那些乖寶寶們顯然已經分心了，一個個悄悄地瞄看著，讓他本來潮湧般的喜悅忽然臊熱起來。他這半輩子也看過不少美女了，故作姿態的居多，以為美得不可一世，都是端著一臉可笑的冷豔想要睥睨眾生。像她這樣漂亮卻又清麗自然，白日夢裡想都別想，以前被阿敏逮到的那幾個就別說了；一個男人要是時來運轉，麻雀只有另築他巢的份，現在黃鶯都主動飛來了。

請問……，他把喉嚨清空，兩手交握著發抖，喜悅的暗潮雖然節節升高，這種要命的時刻最怕對方突然發覺走錯地方認錯人。

她看完了窗景，繞回到剛剛翩然出現的門邊，以為她要出去了，卻又勾著臉刻意朝他瞋視著，像一縷青煙冒出了神蹟，她已經曳著腰身來到面前。

「你當然不記得我了喔。」她說。

「我想一下，我真的……。」

是聯誼社那個新來的小祕書嗎，還是史老董周邊那些妖精中的……，實在不像，那些狼女雖然每個騷姿撩人，但怎麼拿來比，她們簡直太愧對她了。

美好的記憶真的不多，想不出她是誰，上身已經撲過來，領口那兩杯聖餐宛如晶瑩的月光，兩隻手托著下巴放在桌上，淘氣的呼吸對準了他的鼻尖。

吐氣中的香味，水漾地靈閃閃的眼波，雖然如夢如幻，轉瞬一看卻又如此逼真，儘管像是人生一場戲謔，卻又他媽的無比動人。

「我是你妹妹啦。」她說。

蹙著眉頭的阿敏把一條舊被子拍得煙塵漫天，再把它抱回床架，套上了床單，平常不用的雜物間終於變成了臨時客房。

嫁給他十年，沒聽他說過有個妹妹。妹妹，妹妹，口口聲聲說著妹妹，好像不這麼強調就不是他妹妹似地。她在電話中差點翻臉，要一個陌生人來家裡坐坐當然可以，怎麼一來就要過夜呢，何況是個女的。「反正就是自己的妹妹嘛……。」聽起來多黏膩，從他嘴裡說出來更是覺得特別噁心。

當然都是妹妹。以前背著她偷腥，難道是偷哥哥嗎？真不知道他的歷練已有多深，公關職務中學到的只有奸巧，每次都把人藏在呼吸困難的巷弄裡。她有一次搭去的計程車還堵在雨中的巷口，只好撐著傘跳過一個個的水窪前進，卻因為視線中濛著淚光，突然一跤摔在昏暗的梯燈下，還沒搗出樓上那個狐狸窩，先坐在樓梯口大哭起來。

竟然不只過夜，還要晚餐。「說要和我們吃飯才有回家的感覺嘛。」

阿敏忙著洗菜，洗菜的空檔準備碗盤，燜著排骨趕緊跑去客廳擦桌子，再把陽台上的衣服收回來，這才準備把燈打開時，門鈴真的已經鬼叫著了。

大門打開，丈夫還沒抬腳，背後已經撲來一陣香，歪著頭冒出了長髮，耳下飄著銀墜的閃光。阿敏把人迎進來，悶悶地憋著不說話，沒想到對方先開口，「是我啦，妳就是我的嫂嫂喔……。」

說到一半的斷句，拖拉著唱歌一樣的尾音，好像一路郊遊來到這裡，玩的興致還在高亢著，皮包拋上了沙發，進來客廳像條雜魚游入了大海。果然是不太檢點，很快就把她的小外套脫掉了，一條銀鍊開始在她頸下甩呀甩，直到後來被自己的大奶卡住了，那副騷樣才慢慢靜止下來。

阿敏鼓起怒火中的餘燼，朝著她的背後說：「要怎麼稱呼妳？」

「嫂嫂，我叫亞倩，」轉頭嘟起嘴巴說：「哥，我早上說過了呀。」

葉欣剛洗手出來，「對啦，她叫亞倩。」

他搔著頭看看阿敏，還不知道應該怎麼解釋，女人難免都有各種疑猜，何況這妹妹是亮眼過頭了，一粒草籽要怎麼仰望這種星星呢。

他只好說著上午才知道的原委，「唉，阿敏，是這樣啦，我爸生前在外面有個女兒，我記得以前也曾經跟妳說過吧。不過這種事別說妳不清楚，那麼久的事當然連我自己也忘了，原來女兒就是她，我也是今天才知道……。」

「哥，讓我來說。我也是六歲的時候才第一次見到阿姨，爸爸死的時候她來過我們家門口，雖然沒有進來，但我一看就認出來了，因為她在附近的夜市擺攤，就是那種套圈圈的遊戲啦。我記得爸爸死了以後，每次我去玩套圈圈，阿姨都不收我的錢，我想那時她就知道我是誰了，只是她不說，我媽也瞞著我。哥，我這樣說對不對，我記得以前好像也看過你嘛。」

葉欣點著頭，內心有些意外的感傷。如果她說的是六歲那年，那麼他是在二十歲左右看過她吧，自然是沒放在心裡的模糊印象，只記得有天晚上他路過攤子，母親的表情有些失神，她指著蹲在地上的一顆小腦袋，悄悄地說：你知道就好，這是你爸爸留下來的孽種……。

氣氛並沒有僵冷下來，很快就是開飯的時間了。妹妹坐到阿敏旁邊，兩張並不相稱的臉對著團圓的小桌面，阿敏一張苦臉啃著她的燉排骨，不像妹妹一雙大眼靈閃閃地笑著，慢慢夾著飯粒像在吃魚，那動作真是可愛極了。

「喂，前面有菜，妳客氣什麼。」他說。

「哥，不然你夾給我。」

他當真撈起了一塊排骨送過去，中間的阿敏把碗放下來。

晚餐沒有吃很久。妹妹說要洗澡。

當浴室的水聲隱約嘩啦出來時，阿敏再也忍不住了。以前是出門抓姦才見得到狐狸，現在侵門踏戶直接上門來撒野，什麼妹妹不妹妹的。

「你說清楚，這個故事什麼時候套好的，還套圈圈呢。她跟我說話，眼睛瞥著你，有這樣的妹妹嗎，這簡直就是不倫吧，葉欣。」

「哎喲，我發誓好不好，說得那麼難聽。」

「這裡面一定有什麼問題。」

浴室門突然拉開了，一瞬間他們靜下來，看見兩條大腿光溜溜地停在踏墊上輕踩兩下，水滴從她髮梢流淌下來。那條浴巾在她身上變短了，掩著胸部露出了腿股，發覺兩夫妻正在盯著她，慌得趕緊往側一轉，反而洩出了更多的白，她只好停在那裡說：「哥，你拿一件襯衫借我穿呀，多難為情。」

阿敏哭進了房間。就算是妹妹吧，誰家敢有這樣變態的妹妹。

葉欣跑到陽台收不到衣服，也不敢回房去拿，只好把自己的脫下來。

「拿過來呀，你想我現在還敢走一步嗎？」

浴巾是太薄了，胸前凸在一層細棉上，那兩個看不見的彷彿都看見了。葉欣瞇上了突然羞怯起來的眼睛，襯衫都遞給她了，沒想到她遲遲不接手。

「你幫我穿。」

不是妹妹就好了。他聞到了她的呼吸，天使和魔鬼突然撞在一起，不知道下一步到底如何進退，一時之間陷入了迷惘。房間裡還有個盛怒中的阿敏，趁著這股理性還剩最後一絲微光，他趕緊把自己抑制下來，卻又忍不住心中的詫異，終於惶恐地看著她，「我覺得怪怪的，妳真的是我妹妹？」

她咬住下唇，連襯衫也不要了，逕自提著浴巾溜進客房，重重把門關上，把他丟在一團迷惑中發呆。

夜半不知幾點，一陣窸窣的怪聲來到阿敏和他的房間，房門跟著推開了，只見她已穿回了便裝站在門口。阿敏驚慌得豎起半身，昏暗的燈下看不懂她還想怎樣，只知道丈夫身上殘留著一夜沒睡的激情，他陪著幾聲尷尬的笑，恍如害臊著一個外人抓到了他們這對合法夫妻的姦情。

「嫂嫂好幸福喔，妳繼續睡吧，我要回去了。」

葉欣跳下床跟她出去，兩人一前一後來到了玄關，高跟鞋又喀喀地響著，完全敲碎了他的睡意。他很想挽留她，卻又不清楚是挽留妹妹或是一個夢中情人。他的心思來到嘴上囁嚅著，說著什麼連自己也不懂，倒是發現她的神情突然變得冷若冰霜，臉上的嫵媚一概都不見了。

電梯開門了，她從皮包裡掏出一張名片，夾入他的睡衣口袋裡，然後悄聲說：「明天來找我，我會說出你想知道的答案喲。」

她甩著長髮站在梯廂裡，電梯關門時，一瞬間讓他看到了淚光。

電話中她說人在桃園。桃園的哪裡，說不清楚，也可能不願說清楚，那聲音極為慵懶，也有幾分憤懣，好像並不期待他打過來。片刻之後她才逐漸清醒，承認了昨晚的約定，叫他黃昏過後等她消息。

他趕辦著老闆交代的事務，時時看著錶，一邊沉浸在惱人的歡愉裡。幾個部屬對他瞥著神祕的笑，也有口哨聲在他到班時迎面吹來，昨天那妖嬈的畫面把男人的距離拉近了。當然，也把阿敏和他之間推得更加遙遠。

真的是妹妹嗎？他在母親擺攤的夜市就見過那麼一次，何況那時他畢竟是懷著敵意的，當然二話不說就走了。母親如果還在世上，肯定也不相信那個套圈圈的小女孩，如今出落得這麼……這麼的讓人心碎。

不是妹妹就好了。

午後不到三點，想像中的忙碌並沒多出幾樣，兩手空著反而靜不下來，從沒想過等待是那麼令人焦急。後來不禁又想起阿敏，怎麼跟她解釋今晚的出差。出差到很晚喔，有多晚呢，當然是妳聽不進去的晚……。

名片上只有電話，黃昏後她總算說出了地址。葉欣開著車子繞進了安靜的住宅區，重新回到熱鬧的大街時，才發現要找的地方竟然躲在地下室裡。外觀看來毫不起眼，裡面竟然是一家酒店，隱密的玄關彷如廳殿一般，兩個穿高衩禮服的女侍聽說他找亞倩，馬上把他帶進了包廂。

房間裡面除了唱歌的檯子，屏幕旁邊還有個小舞池。服務生送完毛巾水果後，一個美人像隻黑貓溜了進來。

哦，妹妹，不像那個妹妹了，已經聞不到她身上的狂野，她的長髮變成馬尾放在側肩，高跟鞋也換了平底鞋。她挨著他坐下來，一點聲音都沒有，拾起他的手指虛弱地看著，像個疲憊的情人慢慢流露著內心的滄桑。

「聽喔，我要說實話了。你妹妹和我同住一間房，平常吃我的，用我的，後來連我男朋友也一起帶走。昨天早上我去找你的時候，他們兩個正在澳洲舉行婚禮。」

她說得很平靜，還熟練地點播一首歌，她把聲音關掉了，轉頭垂在他肩膀上，「你可能不知道我對她多好，她媽媽自殺後，我陪她哭到天亮，聽她回憶小時候的往事，不然怎麼知道還有個夜市阿姨，還玩什麼套圈圈呢。我們同樣不得已才出來吃這口飯，誰不辛酸，幹嘛也把我的男朋友套走了。」

她繼續說：「最近你好像很紅喔，我看到報紙嚇了一跳，你們兄妹長得還真像，當然囉，同一個爸爸嘛，才那麼會欺負人。我本來打算多住幾天，後來想想，慢慢來好了，反正我的時間很多。」

葉欣強灌兩杯酒，腳底一股寒氣哆嗦著，腦海裡的夢幻瞬間成了泡影。

「這樣吧，反正她欠我，你娶我好了。」她把大腿勾上他的膝蓋，下巴埋進了胸口，「不然你要我常常跑到你家裡嗎？坦白說啦，哥，你是不是也很喜歡我這樣叫你……。」

「對不起，我開十瓶酒，算是跟妳賠罪。」他覺得應該溜了。

「你把女人看做什麼，我們的事情還沒結束耶。」

屏幕出現了慢歌，一片星空像海，在他眼前慢慢旋晃起來。她拉著他走到舞池裡，兩手忘我地張開，「我們跳舞，今天是我請你才對，我都把外面的客檯切掉了。」

他被她抱在池裡，試著從她緊纏的腰間撤退，被後面的兩隻手攬住了。

「我裡面都沒穿，摸我，這樣才能證明我不是你的妹妹呀。」

葉欣渾身僵硬，再也摸不清這是人生的轉運還是噩耗降臨。他的雙手偷偷移開腰際，只能投降般高舉在她的頭髮上空，想往後撤離少許，然而她的進犯更多，好不容易等到慢歌結束，他的胸口卻響起了她開始啜泣的聲音。

為了閃躲這一切，這一切的一切，整晚他灌著酒，恍惚看見她去了又來，頻頻呼喚服務生進來倒茶換毛巾，不僅沒把他丟著不管，看來是真的會再上門扮演那個妹妹吧，一想到那個畫面倏然又驚醒過來。

半夜他晃出酒店時，一陣冷風襲面，視線中彷彿到處流竄著鬼影。

# 機要情人

鄉下來的女孩，說要借宿幾晚，行李也帶來了，沙沙的嗓子訴著冤屈，貼著她幾乎跪下來。姊姊，不會影響到妳，沙發就好了。

靜佳看了有點同情，從房裡抱出一條毛毯，看見她已經蜷進沙發椅背裡，長長的兩隻腳懸在外面，露出了兩個破洞的襪底。隔一晚好像自在多了，朝外翻出了側身，裹著毯子只剩一張好看的臉。沒想到第三晚已把這裡當家，靜佳半夜回來時，看見一隻大腿掛在茶几上，紫色的睡衣撩到了胸口，想幫這女孩蓋被又怕醒來，那雄壯的鼾聲無比深沉，不像她賴著藥物還是躲不開紛擾的夢魘。

幾天後想催她走，顧慮到房子的租約也快到期，一忍就捱到了現在。

兩年前她被母親逼著返鄉奔喪，才見到這個高中畢業不久的女生，大概是噩耗突然，獨自哭得四處顛晃，一滑腳就撲倒在靈堂的花叢中。靈位上的遺照是她父母的合影，一看就是多年前的結婚照拿來應急，聽說兩人在鄰鎮的夜市擺攤，雨夜的回程中小貨車突然開進山溝裡。

靜佳和她面對面是在喪禮第二天，那張臉沉靜得難以辨別，或許終於意識到自己成為孤女，看著人的眼神除了冷漠只剩下鄙夷。靜佳雖然同情卻又說不出什麼，反而母親多話了，臨走時兩隻手包住了她的小拳頭，「阿杏不要難過，以後有什麼事，說不定靜佳可以幫忙。」

母親留下的手機號碼，兩年後終於來電，隔天立即找上門來。

「姊姊，其實我早就來台北了，過得好苦喔。」

靜佳認真聽著，聽不出她苦在哪裡，湧出來的淚水倒是爭先恐後，過了很久還有餘緒，時不時抽著鼻子嗚咽，迷濛中溜著一雙烏亮的眼睛。靜佳不知道她從哪裡學來這種機伶，若不是身上還有一股土味，實在認不出她是當年那個表親。

「阿杏，別急著想賺錢，妳年紀還輕。」

「姊姊，不要叫我阿杏，多不幸呀，叫我茉莉就好。」
「好吧，茉莉，吃點苦不算什麼。」
「我做過洗碗工，還有送菜員，還有……，也和同事擺過地攤，後來應徵這家企業社，好不容易可以正常上班，沒想到老闆愛摸我屁股，把我嚇得裙子都不敢穿了，忍了半年只好硬著頭皮來找妳。」
「妳被他睡過了。」
「姊姊妳怎麼這樣說。」
「忍耐那麼久，是被老闆娘趕出來的吧。」
腳底一跺，鼻音才跟著收起來。以為這樣把她氣走也好，沒想到一天過後就忘了，還把小餐檯擦得乾淨亮麗，地板上踩不到一粒粉塵，窗簾打開後亮著剔透的玻璃光。但恐怕房間裡也被她搜索過了，梳妝枱弄倒了一瓶眼影，櫥子裡有些衣服被她掛反了，可見趁她不在都挑出來試穿，連一些貼身衣物顯然也有摸捏過的痕跡。
「不准妳進去，不然我真的要趕妳走了。」
「好奇嘛，姊姊的東西都好精緻，真希望我也買得起。」

給了她一件本來就要汰換的洋裝，結果穿出去溜達一整天，回來帶著一臉憧憬，說起話來唇邊那顆小痣激動地漂浮著。

「姊姊，男人的眼睛都很壞耶。」

「不壞還叫男人嗎？妳去哪裡了，亂跑是會出事的。」

「就在咖啡廳看書呀，妳不是要我培養氣質的嗎？我翻呀翻呀翻，姊姊妳猜，有幾雙眼睛一直瞄著我。我的膝蓋都合起來的喔，裙子也不是特別短，想也知道那些男人腦袋裡面想什麼，不然我看的書也只是一本漫畫說。」

靜佳平常都是午後出門，有時不到黃昏回來，只有路上耽擱才拖到夜深。這天回到家已經累壞了，沙發卻是空的，想要扳上暗鎖又怕她進不來，正在猶豫才聽見顛顛晃晃的腳步聲撞在門檻上。

「不要生氣啦，朋友找我去唱歌嘛。」

「我不想管妳，反正下個月沒地方住了，妳自己想辦法。」

看她滿臉的酡紅，摀著胸口靠在牆上，靜佳走進房間不再理她。

半夜卻被她吵醒了，站在外面敲著門，姊姊、姊姊地叫著。

過了很久，嗓音突然恢復了正經，對著門縫大聲喊著：「姊姊，妳別騙我了，我也可以做呀。真的，不然我再這樣下去，連一間套房都租不起了。妳教我怎麼應付男人吧，哪種男人不要碰，價錢應該怎麼談？其他的我都會，這間房子我也可以租下來，我都想好了……。」

靜佳沒有價錢。她只專注扮演柔弱的一面，有些孤單，散發一點點憂傷，像個安靜的淑女坐在窗邊，長髮飄在頸下，微勾著一張素淨的臉。

通常她穿得很緊，冬天習慣短大衣，炎夏薄軟的七分袖，領口深藏不露，只用她的深情鎖定陌生人。對方一旦發現被她凝視，初時他的眼睛會快速逃離，一瞬之後再輕瞟過來，瞳孔散發著幻想後的天真，繼而頻頻喝水，四處張望有無他人窺伺，全身陷入煎熬而難以自處。

而且她也沒有笑容，眉頭小小糾結，有意無意地釋放微細的哀怨。她相信女人最美都在對方忽然心疼起來的瞬間，她用這樣的手法等待男人，舉目優雅脫俗，一身的纖細楚楚動人，不怕整個下午沒有驚喜的腳步聲踉蹌而來。

然後她靜靜點頭，對方入座時眼睛發亮，這時她才委婉地告訴他，她好像認錯人了，總覺得看起來好像好像好像，好像在她生命中曾經留下深刻記憶的那個人，或一件事，或某種深愛一直無法忘懷……。她總有辦法說得很好，簡短而又適度，黯然顯現一種感傷的無助，然後開始聆聽他的每一句廢話，久久才露出冰融的笑容，若有機會便一起走入黃昏之後相互探索的時空。

但她越是冷靜，藏在裡面的卻是更加恐懼的心。常去的店家會投來異樣的眼光，標榜五星級的飯店常有黑西裝的經理前來了解，暗示著類如「不妥，有礙於……」的道德字眼，用他鄙視的眼睛在背後送走她。

她從城南換到東區，同地點不走第三回，覓尋之地隨處飄移，像一片苔蘚跟著陰影，莫不就是越熟悉的環境她越惶恐，反而陌生人才讓她稍微放心。最熟悉的人，應該就是自己的丈夫吧，新婚三個月開始出軌，被拆穿時反過來羞辱她，後來乾脆窩到那女人家裡不再回頭，存心當她是一隻棄養的貓，丟在茫茫大都會的暗夜裡。

哪裡知道這樣的隱密之路，突然冒出了這個女生，這小小的鬼靈精的，從什麼疏漏之處打聽到她的消息，知道了多少，是為了走她這條路才來借住的嗎？難怪換了煙花般的名字，擺明就是準備用來賣春的藝名……。

既然茉莉已經揭穿了，難保以後回鄉不會到處流傳，那麼，續租這間房子反而是最大的風險。與其這樣，與其那樣……，折騰了整晚終於慢慢動搖，不得不想起那個客人上次提起的空房子。對方早就開出了條件，免費讓她住，每月還有八萬元，偶爾他會來，就像偶爾他不來，大抵就是一個同居一半的肉體，他不會給她任何約束，就算沒有真愛還是可以往來。

有愛那才奇怪。那天下著雨，隔著走道和三張桌子，看來很不起眼。他穿米色夾克，一頭灰而茂密的髮色，只顧盯著門外有誰進來，手機當作肥皂又搓又揉，真的接通時掩著嘴，說到隱密處整張臉勾進自己的臂彎裡。

除了外表，那件夾克也掏不出多少錢，根本沒把他看在眼裡。但那天的咖啡館特別冷清，她無聊地瞧著，一直到他等待的人終於出現，提上來一個鼓鼓的帆布袋塞到他腳下，那時，那一瞬間，她才發現他臉上的焦慮、他那內心深處的種種不安浮躁似乎突然全都消散了。

那人走後，他背著帆布袋走進洗手間，出來時滿臉的暢快，走到她桌邊時忽然停下來說：「唔，我見過妳，今天妳的頭髮好看。」

她沒端出好臉色，皮包拿著站起來，沒想到他跟在後面。

騎樓外面一片陰雨，兩個人搶著攔車，沒有一部停下來。

「我們一起坐吧，遲早也要換個地方。」他說。

聽出了話中有話，料他可能是個行家。但是曾經在哪裡被他注意過呢？她一直想不起來，與其讓這陰影以後隨時壓在心裡，這時她才改變主意。

「妳看，我們現在好像剛剛旅行回來。」

他指的是夾在兩人中間的袋子，沉重得幾乎就要落在腳底。

計程車直接開進賓館。進房後他急忙掏出手機，三支搶眼的紅藍綠，擺在桌上紛紛跳著忙碌的螢光。賓館只有五層高，看出去都是緊逼而來的樓群，他沖完澡停在踏墊上，指著不透光的窗簾要她全部拉上，才敢躺進這個大白天的黑暗裡。

「妳可能看不出我是一個重要的人。」

我真的看不出來，她心裡跟著說。

她做過六個董事長，還有一個自稱總裁，像他這等不修邊幅的寒傖，耍嘴皮當然好聽，說有多重要都是用來嚇人。男人再怎麼重要，脫光了衣服都是一個樣，好一點的隨她指使，遇上奧客只好多抬幾次大腿，有的做到半路還停下來抽煙，不然就是要她屁股朝面，害不害臊都得像隻母狗趴下來。什麼最重要，當然還是錢，否則要一個女人赤身裸體，別說在自己母親面前羞於袒露，面對著出軌的丈夫，全身包起來都還有著藏不住的傷痛與懊悔。

然而出乎她的預料，夾克男不僅講話直爽，連做那件事也像快刀亂麻一斬而斷，三分鐘不到吧，應該說還沒開始。那麼，找她來幹什麼的呢，她很想叫他起來抽根煙，沒想到他自己忽然跳下床，把那袋子拖過來打開了，一捆捆的大鈔隨著拉鍊滾出袋口邊。

「要多少妳自己拿。」他說。

她進去沖水，在裡面穿衣，慢慢回想，這才明白這個人重要得有點誇張。她出來梳著頭髮，鏡子裡突然丟來厚厚的一疊，然後他唉了一聲，隨口說：

「其實啊，這些東西很難處理。」

他抄下電話，第二次找她就更詭異了，約在量販店後面一條巷子裡。

她懷疑他會不會是走私販毒，才不把錢當錢，當成了摺好就丟的紙飛機。不然還有什麼暴利行業，金光黨騙錢都來不及，恐怖殺手更不會這般灑脫，若是個敗家子又嫌太老了。越猜越離譜，就是沒有想過他是什麼企業家，畢竟不像，穿得隨便不說，講話有頭沒尾，除非故意裝傻，鬼腦子裡藏著別人看不透的精明。

既然看不懂是何方神聖，當然更不知道他為什麼要她這種女人。

靜佳試著把人約出來，沒想到他隨時等著來電似地，一搭就說好。這次做得比較久。他抱著她多滾了兩圈，大概輕鬆的假日特別愉悅，停下來打開音響，兩手枕在床上，延續著上次談到的房子，問她決定了沒有。

如果沒有，或者確定不要，他說：「其實我也可以找別人。」

本想見面探些底細，聽了更糟，擺明了就算同居也有可能隨時變心。

「妳擔心被我騙，沒錯吧。我跟妳說，女人看上眼的最危險，妳知道電視上那些公子哥也看上很多女人嗎？最起碼我誠實，我當過教授、市政顧問、大型建設的評委，外表當然看不出來嘛，告訴妳好了，我現在是一個機要人員。」

機要是什麼，機要有那麼重要嗎？她繼續問著卻不敢抬眼，下巴擱在他胸前，心裡雖然還有一堆疑惑，卻又覺得不離譜就好。何況自己其實非常非常累了，如果不殺人放火，機要就機要吧，不然後面還真有人要遞補上來。

「妳知道什麼叫做心腹嗎？」

她往下撩起他的肚皮，彷如重瓣的油花晃蕩兩下又滾出去了。

「像妳現在就是我的心腹，妳聽得到我的肚子餓了，也知道我的腦袋裡面正在想什麼。」他翻身把她壓到下面，整張臉埋進她的乳間，用著突然密不通風的聲音說：「機要也就是這個意思，比心腹來得正式又好聽，其實都差不多，像我們現在這樣，什麼都貼在一起那就對了。」

「既然是你的心腹，以後你會叫我做什麼壞事吧？」

「這樣多難聽，天下哪有壞事，把事情做好都來不及。」

「那總要說個道理，你注意我多久了，為什麼要選我？」

他把他有些藻味的下巴貼到頸下摩挲著，同時交握著十指嗯出了男性最後的氣息，這才慢慢把她的手鬆開，「妳做這種事不想讓人知道吧，我就喜歡像妳這種保密到家的女人。」

靜佳忽然紅了眼眶，從他肚子底下緩緩扭出了腰身。

說到保密，她離家之前母親來過兩晚，編了個丈夫出差的理由，聽完滿意極了，直誇一個好婿勝過三個不肖子。保密還上了癮，丈夫又打她一頓後，也是等到身上的瘀青散盡才回去娘家報平安，春節已過十天，侄女們一個個領到遲來的壓歲錢，興奮地圍著她打聽台北的好日子，最後也是說了整晚的假話才能夠脫身。

他竟然看上她的神祕，顯然以後見不得人的事情還有更多吧，不禁悲哀了起來，濛著眼睛說：「那我懂了，我如果答應，以後就是你的機要情人。」

他哈哈大笑，直誇這個名字好，拉著她進去洗澡時整個臉樂歪了。

她說讓她再想想。她離開賓館回來時，開門躡著腳，卻發現茉莉穿著外出服坐在沙發上發呆。自從那晚聽了那些醉話，幾天來刻意冷落閃躲著，這時才看出這女生瘦了一圈，只有眼睛還是黠亮的，彷彿等著她不肯闔眼。

「下午管理員帶人來看房子，被我趕走了。」

「妳再不想辦法，房東也會來把妳趕走。」

說了卻有點不忍，刻意擠到旁邊坐下，沒想到茉莉冷冷地笑了起來，「不瞞妳說啦，今天晚上我去做了。」

裝作聽不懂，一顆心卻已經墜到谷底。

「我當然也是在咖啡廳遇到的，對方長得很斯文，還穿西裝呢，就鼓起勇氣跟他去開房間了。結果妳猜怎樣，做完以後丟給我五百塊，他媽的這種爛人，我搶不到他的皮夾，氣得把他的外套丟進浴缸就跑出來。」

冷靜下來多看幾眼，果然發現那隻右手多出了一道抓痕。

「因為怕他追出來嘛，我就一直跑，沒想到一部巡邏車開到前面停下來。我只好開始哭，警察真的相信我在路上被一個色情狂偷襲耶，還打開了無線電說得嘰哩呱啦的，抓不到人只好把我載回來，還叫我暫時不要開燈。不要開燈喔，記得喔，才不會讓歹徒找到門號喔。剛才我都照做了，一進來黑漆漆的，害我蹲在地上笑得要死。」

「茉莉，我不想聽，明天我搬走好了。」

「好呀，反正我差一點就出事了，妳還要繼續瞞著我。」

「一副隨隨便便的樣子，男人當然欺負妳。妳聽過機要情人嗎？」

「看是公雞還是母雞呀，公雞找母蚯蚓，母雞找公蚯蚓嘛。沒想到最後一晚的姊姊，跟我說的是這種幼稚的話，一隻雞要找什麼情人，最好不要找到一隻大野狼。」

「我要妳學一點神祕感，男人才不會把妳看成妓女。」

「姊姊，我肚臍下面有一個刺青，妳知道嗎？那最神祕了，一個人渣帶我去做的，他說他看到刺青就會興奮，以後也會更愛我，結果沒幾個月就溜了。那個刺青從我十八歲就神祕到現在，我想這輩子連懷孕都不可能了，總會害怕肚子把牠撐開了怎麼辦，是一隻蜘蛛耶，牠的腳以後只會越來越長……。」

茉莉縮著悸動的肩膀，兩把眼淚安靜地流著。倒是靜佳莫名地狂嚎起來，聲音從她肺裡傾巢而出，恍如一陣大雨落在久旱的田裡，她似乎很怕那清涼的雨聲倏然歇止，只好更加用力地哭著。

# 雨中的母親

我的末代手機只能撥接電話與簡訊，最近每週大約只有五通，來電的機率大抵就是1前公司，2茶行，3母親，4詐騙集團，5女兒的貓。其中第四項堪稱來路不明，所以我只要看到陌生號碼自然就把它掛掉了。

葉君的太太連續兩天空打了五次，只能說就是這樣的結果。

但我一向也算沉穩之人，忍不住接聽這種電話時並不會煩躁不安，有時甚至覺得有些虧欠對方。我相信在這世上應該還有某些我尚未鎖定的價值，譬如不在身邊的妻子，沒有人說她永遠不會打來；又譬如已經念大學的女兒，雖然現今只要跟錢有關的事物都能郵寄電匯，但也難說她不會找我撒撒嬌，適度表達一些較為親暱的溫情。

女兒算是目前和我距離最近的了，認真說來她屬於第五項，打來的時候雖然都是貓開口，但這當然是她替牠撥號，我一聽喵聲就曉得又要帶牠去看獸醫了。她會讓牠躺在一個白色籠子裡，然後放在她租屋處的梯間等我去拿，有時籠子旁邊放著她換季不用的衣服或書籍。

回到葉君太太的電話上。後來我勉強接聽時當然還不知道是她，經過自我介紹，才想起兩年多前葉君膽石炎開刀時，我和她在醫院見過一面，臉圓圓的，頭髮短短的，說話輕聲細語，一看就是嫻淑的女性。

但因為時間已經很晚，她突然問起葉君有沒有來我這裡，自然嚇我一跳，懷疑他們夫妻是否出了問題。

「沒有嗎？那沒關係，我只擔心他喝醉了，回不了家。」說得極為淡然，語氣中有些憂愁，卻又不想再說，我只好跟著關上手機。

沒想到才過兩天她又打來，這回聲音就不對了，不像前晚那麼含蓄，她直言要我幫忙，她說她的丈夫沒有幾個像樣的朋友，我算是唯一能夠陪他傾談溝通的人。

我想她也太不了解我了，但這暫且不管。我聽見她說：「我婆婆住院三個多月了，最近又送進了加護病房，醫院已經發過兩次病危通知。林先生你也知道，這時候家屬都要面臨生死的抉擇，他兩個姊姊都反對氣切搶救，想讓病人有尊嚴的走，不要只為延長生命而換來更大的折磨。可是他聽不進去，醫生也不知道要聽誰的，大家每天都在鬧意氣，實在不能再拖了……。」

「我不知道能幫什麼？」

「能不能找他談一談，我們都沒辦法了。你知道嗎？加護病房每次開放兩個人，他故意占著不走，不讓兩個姊姊有機會同進同出。就算一個姊姊進去了，也都是他搶著和媽媽咬耳朵，講完還哼著小調給她聽，像要哼到病人醒過來為止，旁邊的姊姊連說句話都沒有機會。還有一件事，我嚇死了，他身上藏著一把刀……。」

電話中她哭了起來，「他當著大家的面，說如果放著媽媽不救，出了事他就要找誰誰誰負責。我不知道啊，如果他不是要殺姊姊，難道是自己要切腹嗎？林先生，再來應該怎麼辦……」

我既無醫師友人可以求教，上網查詢也是一片字海茫然，若憑道聽塗說加以論斷，我相信葉君那種慎微之人也不見得願意睬理。何況這種事本來就無關對錯，一般垂老病人面臨呼吸衰竭的困境時，醫生最後都把難題丟給家屬決定：要不切開氣管拖些時間，要不就是安排病人回家完成自己的餘生。

像我輩這種年紀，很快就要經常面臨長親們的最後一別了。兩年來我就跑過幾趟的加護病房，醫院規定的時間一到，快速穿上隔離衣，對著昏迷中的病人主動報名：我來看你了，你聽得到嗎……。有時摸摸他的手安慰，有時拉攏他的床被，有時壓著氣音求他稍稍看我們一眼。通常死神環伺的周遭才會出現這種人性的卑微，活著彷彿是我們的錯，離開病房時我們總是躡著腳尖非常小心。

但經過有心無望的探視後，沒幾天病人還是走了，常常都在半夜凌晨，有時風雨交加，不然就是趁你打盹的瞬間他也從此闔上了雙眼。他們不就是經過氣切搶救過的嗎？多吸了幾口病房裡的寒意而已，仍然看不見窗外塵土飛揚，最後的餘命都是作弊來的，就像時鐘裡動過了手腳，該來的最後還是會慢慢走來，在我們蠢蠢以為沒事的瞬間，突然噹的一聲劃破寧靜。

為了回覆葉君的太太，坦白說我做了不少無效的功課，到頭來不僅沒有答案，連電話也不敢回她。後來想到是否該去看望他的母親，卻又覺得這都是俗世的矯情，當一個人全身插滿管線，彷如牽纏著生與死的拔河之繩，這時我們到底了解她多少，她最需要的究竟是什麼？如果她只願快速離去，那麼我們是用自己的虛榮心把她綁住了。

由此我也想起了自己的母親，她一個人住在鄉下老家，倘若有一天她也面臨這樣的困境，那時我是採用葉君這邊的觀點呢，或是同意他姊姊們堅持的自然法則……，我可能想太多了。

然而卻在那天晚上，我也同時想起了秋子。她在松山機場附近當派遣工，聽說曾經昏倒在捷運車廂裡，我從綁在貓腳上的紙條得知她的胃潰瘍越來越嚴重時，已經是兩個月後的事了。秋子有一天也會躺在加護病房嗎？那時女兒要坐多久的車子才能趕去那裡……。

那時大概是夜深了，雖然我沒有喝酒，卻因著這樣的胡思亂想而慢慢陷入了哀傷。到了凌晨兩點左右，我突然想給秋子寫封信，紙筆也都擺上桌了，卻不知道應該怎麼起頭，要問她是否健康嗎，要訴說自己也過得不好嗎，我掙扎了很久，一行字都寫不出來，總覺得我和她好像各自住在一間病房裡，只是旁邊沒有奔走的醫生護士罷了。

在這樣的困境中，葉君太太找上我顯然是看錯人。然而她是認真的，隔天上午又打來了，她一直等不到我的回應，語氣中難免有些氣餒，像是喃喃自語，其中卻有一句話把我楞住了，「對不起，我忘了說，我先生是人家的養子，我真的不知道他這個人到底怎麼了。」

我再怎麼沒用，好奇心還是有的，只好硬著頭皮聯絡了葉君。

葉君的母親一個人住在小鎮鬧區，門外兩排店街開滿了各式營生，只有他家的店鋪關著大鐵門。每天早上她只從邊側開出小門，然後獨自坐在騎樓的藤椅上慢慢搖晃到中午，時不時盯著路人的眼神交會，彷彿擔心萬一失察，每週一次的家庭聚會就會冤枉錯過似地。

「我只要想起她等不到我的那種失望，心裡就很悲哀。」他說。

葉君來我這裡，並沒有馬上談到醫療的爭執，反而主動說起母親的往事。我想他是有備而來的，一坐下來彷彿已經墜入往日的時光，根本不讓我有機會插嘴。

「我和兩個姊姊處得不好，可能也是和那間房子有關，她們認為母親不賣掉房子就是想要留給我。母親後來被診斷出失智的病情時，我還親自寫了拋棄繼承的文件交給她們保管，這樣我每天回去看她反而比較寬心。」

聽到這裡我真的有些錯愕，一般人做不到這樣——有關父母的遺產糾紛，都是因為沒有均分才有爭執，有的兒子想要吞產而六親不認，也有女兒們因為少拿而哭訴無門，但像葉君這種反過來的例子真的不曾聽聞。

「房子以前有一個很深的前院，聽說父親為了開藥材行才增建到騎樓，龍頭接到龍尾，裡面見不到光，沒兩年父親就死了，那時我還沒有來。」

他轉著面前的杯子，喝下了第一口今年剛採收的冬茶。鐵壺在炭爐上冒著煙，十二月的風搖晃著陽台上的燈籠花。我這地方他以前常來，兩個男人頂多就是對坐聊茶，像他這樣說著往事還是第一次，而且好像說到傷心處了，冒著白煙的爐嘴也在陣陣寒意中噤了聲音。

他的母親度過傷痛之後，找來一個命理師，建議她把房子的後半段打掉，還說為了驅散長久的陰煞，家中最好添丁沖喜。這種事當然把她難倒了，那年她四十初度，兩個女兒最大十五，而丈夫剛剛撒手人間。

後來卜出一個卦象，指引她前往南方求子，但一定要到依山傍水的鄉村，最好對方又是孤苦人家，如此既能捐金解困，也能討到自家歡心。

他說這是命中注定，他活著似乎就為了等她從三百公里外趕過來。

「那天一大早我照樣在牛車路上溜達，看著別人背著書包跑進學校後，才躺在穀埕上發呆。可是到了中午，我突然說不出話來，飯也吃不下，一個人從頭到腳貼在牆頭上，一直到外面突然下起大雨，突然看到一個婦人從竹林那邊跑過來，泥濘中她的兩隻腳拐倒了兩次，到了屋簷下全身已經濕透了。

我的姑姑忙著倒茶，另一個親人把我抱在膝蓋上，這時我才知道她要來把我帶走，雨越下越大，外面草堆上的鴨子呱呱叫了起來……。

「他們說著我父母的牛車摔進河裡的那件事，每個人偷偷看著我，我沒有任何表情，只注意著她解開大紅布，拿出了一個盒子，那裡面都是錢。事情談妥後，她準備告辭，我還主動趴上她的後背，嘴裡含著她給我的一顆糖。我們離開後，雨還在下著，她走得很慢，那個村幹事幫我們撐傘。當我們來到鐵皮寮外的一條野溪時，雨終於停了，這時她卻反而開始大哭起來，額頭像冰一樣貼在我臉上，不斷重複對我說：對不起啊、對不起啊……。」

然後他就像草堆上的那些鴨子，跌跌晃晃地來到了陌生的新家。

家裡的椅子還沒坐穩，一個女生就對著他大吼：叫啊，你要叫我啊。長得高高的姊姊，給他的見面禮是一塊紙板，她指著黑索索的字體大聲念著：姊，姊，姊；她那咧開的嘴形很快就把他嚇呆了。

「可是那整個晚上，我沒有閒著，一口水都不敢喝，不管走到哪裡，我的嘴巴一直重複著姊姊姊姊姊的下顎練習。為了得到一種渴望很久的對待，我使盡全力發聲，聲音雖然從喉嚨發出來，但我知道臉上兩邊的顴骨也在幫我拉扯。最後我終於趕在睡前走到她的床邊，用一種超出預期的疊聲連續叫著她：姊姊，姊姊，姊姊……，叫得兩行眼淚一起滾了出來……。

「我從小就有的求生意志，母親都看在眼裡。每次我在病房叫著她，那凹陷的眼角很快就流出淚水，可見她什麼都記得，沒有理由不想活下去。」

葉君坐到很晚。他只顧說著話，很少拿起杯子品嘗，中途我雖然換過兩次茶葉，卻都是我在牛飲，一杯接著一杯，彷彿澆不盡內心深處的荒蕪，不像他累了一天還充滿精神，已經約了幾個醫師要在明天進行會診，那神情看似再過幾天他母親就可以痊癒出院了。

還要搶救嗎？我勸不出一句話來。也可以說，我忽然站在他這邊了。這場戰役似乎已經無關勝敗，他只想緊緊抓住命運的那條線，當年她跋涉遙遠的荒村帶他回來，如今他只要求她不要離開。

我聽過很多家庭也有這樣的孩子，寧願背負不肖罪名，也要讓病危的父母挨下無情的一刀，明知那孱弱的身軀禁不起裂解之痛，但這個人還是願意等待生命的奇蹟從無到有。為的是什麼，我忽然有點明白，是一種旁人無從體會的、他與他或她之間某種共存的諾言吧，才會頑固得那麼天真，愚蠢得那麼純真，只求病床上的那雙眼睛同他一樣溫暖地對照過來。

鐵壺冒著寂寞的水煙，那台舊式暖爐還在牆角吹拂著，這樣的夜晚忽然還是冷冽起來了。我不禁又想起獨居的母親，她守著那塊海風不斷吹襲的沙田，偶爾挑些花生、地瓜蹲在市集角落裡，背影微駝而顯得更為瘦弱，曾經讓我恍然間認不出她來。我懷疑我們之間除了母與子，是否也有某種私訂的契約吧，寫明了她要負責活著，沉默地活著，以致就算被我忘卻也沒有任何怨言。

還有秋子，我曾經那麼深愛的秋子，若有一天我瀕死病榻，她會像葉君那樣地奔走嗎，為著我們曾經有過的山盟海誓，不願讓我獨行，終於回到了身邊；或者，那種私契早就不存在了，如同我們現在已經遠遠地分開。

女兒偏著臉說話，從髮隙中冷冷瞧著騎樓外的街景。畢竟還是個孩子，剛上大學的一股稚氣還在，只不過稍稍蓄長了頭髮，便刻意露出涉世已深的老成，反而看起來可愛極了。

當然，她也慢慢學會了機巧。就像我們忽然坐在這家的飯糰店，都因為她算準了我關機的時間，才留下這通語音：有點事情，見了面再說……。不僅避開了電話，也不想見面時談得太久，才選了這個吵雜的地點，旁邊又有路過的人車供她溜望，自然很容易把一副神情佯裝得漫不經心。

「我決定重考，補習班下個月就要開始了。」

我問她說，書念得好好的，為什麼不考慮清楚。她久久沒有吭聲。

「當然啦，如果決定好了，我每天載妳上下課也沒關係。」

「為什麼要載，我當然是到台北的補習班啊。」

「貓呢？」

「帶去。」

我吃完一個飯糰，她的蒸蛋才來，來得讓她有點不知所措。她一向喜歡蒸蛋的軟嫩燙口，這時卻因為不想直對著我，只好默默等它降溫，久久才舀上一匙，高舉著送進她那兩片孤傲的嘴唇，似有若無地含在裡面，然後繼續望著對面一棵老樹，那葉子掉光了的枝枒透著黃昏前稀疏的薄光。

秋子也曾這樣，那時的咖啡館幸好人少，四周看起來十分慵懶，沒有人發現她滿臉帶著淚光。她一直望著窗外，我不記得那裡是棵樹或者只是人家的屋頂，反正她遲遲沒有轉過頭來，只等著我同意她搬出去的答案。

我們的問題從我開始。後來發現她有外面的男人，當然已經來不及了。

女兒沒有知道太多，表面上我還是失敗的父親，所有的敵意我承受下來。但我還是非常愛她，我樂意為她做任何事，包括服務她的貓。每當那個獸醫在牠身上摸來看去，坦然告訴我其實丹尼非常非常健康的時候，我提著貓籠走在夜晚的街上，感激的淚水總是毫不猶豫地掉下來。

女兒既然打算帶著丹尼北上，我想就不用多問了。她如果是為了和媽媽住在一起彼此照應，當然也是可以理解的，只不過這種感觸還是很難排遣——我突然失去兩個人和一隻貓了，再也想不出還有什麼是我沒有失去的了。

隔天就是週六，我終於鼓起勇氣搭上了高鐵。女兒曾在貓腳上的紙條裡透露媽媽做了禪寺的志工，我沒在意過這件事，沒想到這次用上了。

禪寺建在北勢溪中游的彎道上方，陡長的石階掩在樹林裡爬滿了苔蘚，也有一些隔夜的落葉跳躍著停在靜風的角落，當那上頭的林梢露出暗澹的飛簷時，躲在我胸腔裡的一顆顆小石頭開始翻滾起來。

秋子穿著一件簡單的暗青色長衫，拎著抹布從內室走出來，她這次出我預料沒有迴避，臉上還掛著十分安靜的慈顏。我想我是來對了，這裡畢竟是一個修心的所在，何況我們也不曾爭吵，我相信我們分開也是因為愛著對方。

進來要脫鞋子，她說。聲音很低很輕，轉身拿來了一雙草拖。

我說不用了，我們可以在外面走一走嗎？

她說爐子裡有一大鍋的素粥快燜好了，要我坐在庭院裡等她。

這幾天沒有下雨，陽光在竹隙間閃躍著，我不熟悉的鳥雀好像替我高興著什麼，叫了幾聲就傳遍樹林，剎那間一大片的羽翼飛上了天空。

她交託了廚事出來時，已經鬆開了頸後的素髻，臉上泛著汗後的清新，只是膚色有點蒼白，白得兩邊的細紋好像都化開了。我有些激動，想著多久沒有見面了，自從分別走上兩條陌路，整個家不見了，兩條遊魂卻突然重逢在這個寂寞的荒山。

我稍稍提起了葉君的故事。不，應該說我是認真的，只是沒有詳述而已，我簡直就是專程來說這個故事的。以前她也見過他，都一樣是在那個茶道表演的聚會裡。就是那天的那個瞬間，我第一次見到秋子，她的茶席布在水塘邊一顆大石上，巧緻的茶具在那印花的古布上一式排開，我接過她遞上來的竹杯後，從此埋下了後來的這段姻緣。

我想說的大約就是那種私契般的命運，我希望她應該也懂，那是一個人最後的價值，我很高興我願意學習這種價值。

她嗯了一聲代替回答，朝著剛從石階爬上來的參客們微笑致意著。

「公司最近打電話找我回去，他們認為我不應該急著退休。」

嗯。她彎身撿起一朵落花，吹著上面的沙，拈著花萼轉了轉，兩手又回到背後交叉著。我跟著她走往側院一條小徑，那裡總算沒有人，但也沒有一點雜音可以用來掩飾尷尬的無言。她大概想了很久，以她慣有的敏感，心中當然會有各種疑猜，為什麼我提起復職的事，為什麼我今天突然跑來。我擔心剛剛的暗示太不實際，也害怕她根本不想回答，因此，當她往前轉進一個彎道時，我便再也忍不住了，終於在她背後喊了出來。

「妳跟我回家吧。」

霎時她停了下來，連我自己也楞住了，我的聲音好像穿進樹林又繞回來，我不知道在這清寂之地其實不需要那麼大的嗓音。然而喊都喊出來了，就算感到羞愧也罷。遺憾的是她並不因為這樣而熱情地回答我，也可以說，她的表情突然又回復了離家那天的冷意。當我們回到禪寺的前庭時，她說她應該進去幫忙備飯了，若我不趕時間也可以留下來用餐。

我站在剛來時等她出現的庭院裡，覺得自己說得太魯莽，就像以前某些時刻我把事情弄得更糟一樣。我繞過禪寺另一側的窗台，看見小小的齋室已經坐滿了午膳的背影，一位師父起來盛飯時發現了我，朝我揮著衣袖，於是我又瞧見了旁邊的秋子轉過來的臉，但她沒有表情，很快又轉回去了。

此後我就沒有再干擾她，揀了一面大石坐在旁邊，等著用過齋菜的秋子總要下山回家的時間。我想最遲也只是等到天黑，倘若我現在獨自下山，還是同樣一個人面對漫長的夜晚，就像秋子也是一樣過著她孤單的夜晚吧。

那麼，我想我們兩人最壞的情況也就這樣了。秋子如果不想和我回家，以前她寫好的離婚協議書我也帶來了，我相信一旦放開她的手，也許她才能得救吧，否則她身上的罣礙將沒有任何一天可以釋懷。

我等了很久，但是天還沒黑，也沒有看到秋子出來探望一眼。當然很有可能她以為我回去了，就像我也經常在半夜裡誤以為她會突然回來。很多個夜晚我都是看著黑暗度過的，運氣好的時候靠著哀傷失去知覺，否則一夜無法闔眼。我求助過藥物，教會裡的朋友送我一本《聖經》，還有一次我跪在媽祖廟裡祈神。試過多種無效的途徑後，有一天母親突然打電話來，她說她終於想起來了，以前她試過一種妙招，當她碰到床就開始害怕的時刻，她用這個方法凝聚濃濃的睡意，果然很快就能進入夢鄉。

就為了示範這個其實電話中也聽得懂的動作，她轉搭兩趟的客運車來，要我站在旁邊看她演練：上身挺直，兩手放在膝蓋，兩眼闔起來，肩膀放鬆，後面不靠椅背，想像自己正在聽課，或者想要避開討厭的人，幾分鐘後自然就會安靜下來。

她好像急著讓我相信，矮小的影子當面搖晃著睡意，忘了嘴裡還有嘮叨的尾音。

我看她是誇大了奇效，只好隨口應著，「應該無效啦。」

「無試就講無效，汝有坐過船否，親像坐船過海，頭殼攏嘛憨憨顛。」

母親回去後，我悄悄試過幾次，想像自己坐在船中央，四周一片蒼茫，果然有時真的可以騙過腦海，像個寂寞的水手慢慢沉入水中。但那畢竟只是一種縹緲的幻感，醒來時忽然不知置身何方。我無法想像母親在那孤寡的歲月裡，是經歷了多少煎熬的苦痛才慢慢度過父親不在的時光。

對了，如果今天有機會一起下山，還有一件事我也很想告訴秋子。

有一次是這樣的：我坐船坐到一半，突然聽見了海鷗的叫聲，牠啄痛了我的胸口直到驚醒過來，然而那時候的窗外還是一片漆黑，我才忽然想到那隻海鷗會不會就是妳。雖然後來我知道那只是一種幻覺，但妳應該能夠體會，就是因為長久的思念吧，生命中才有那麼多的不安……。

（後記）

# 我想說卻說不出來

寫作這本書的原意，想用純屬官能感覺的幽微敘事，在匆忙腳印中留下飄忽浪漫的文體，像個畫匠臨摹小品，或像晚歸的醉漢臨危不亂地寫起漂亮的詩，簡而言之，我想起了三十歲時獨鍾於掌中小說的川端康成。

然而歲月畢竟不太允許，臨老探入花叢，就算寫得出一顆悸動的心，恐怕尋幽之路最後變成黃昏裡的呢喃自語。再者，從事建築多年，看著一磚一瓦搭蓋千戶人家，所見每樣東西都是實體，連飄在空中的泥灰都有它想要附著於梁柱牆板的願望；這樣，我能寫出多少意象文章應該只是空想。一個務實的人寫起小說，總想著這篇小說何以至此，那篇小說能有多少救贖，有沒有偷蹈他人文學影綽，甚至特別在乎這樣的寫作是否還有傳統價值。

細心的讀者可以發現，二十五篇所謂的短小說，剛開始頗有刻意把它寫短的意味，第一篇作為見面禮的〈素面相見〉兩千四百字，第二篇小小拉長了幾句話，寫到第三篇已快忍不住想要壓抑的快樂與哀傷，而第四篇若把那滿屋子的蝴蝶一起算進來，可就超出了每篇兩千六百字的自我設限。

我那麼計較這些無謂的字數，起於初始有個天真想法，以為把小說寫短，我不安的睡眠就能增長。其實不然，收斂的筆觸越多，延伸到夢裡的殘思就更亂，以致後來不得不稍作調整，像把勒在脖子上的領帶悄悄打開，這時梗在喉嚨裡的、難為情的、無言以對的，好像終於可以舒爽地說出話來。

也就是說，這本書的排序幾乎就是創作的時間，連字數也是由短而長，剛好可以見證我在深夜躡著腳尖走路的身影，一直走到後面幾篇，大概為了趕路，才稍稍放肆地跨出了大腿。

但也有些不得不說的插曲。為了防備自己又像過去幾年突然擱下筆來，去年秋天午後，我約了《印刻文學生活誌》的總編輯，在忠孝西路過了善導寺轉角的咖啡館見面。我請他給我一個短小說的專欄，每個月登出兩篇，還強調字數不會很長，不會占用太多寶貴的篇幅……，我的態度簡直就是「請你逼我寫」的意味，那時我只想著一旦敲定了欄位，想要停筆偷懶也都來不及了。

然而事情的真相是，更多時候，我走出台北車站後，卻像個孤單的遊魂般穿越騎樓，過天橋，還沒看到善導寺就提前右轉了。那裡有一棟紅磚色的監察院，只要認出它還虛有其表地堵在那裡，旁邊那條逐漸讓我熟悉起來的中山南路，便一次次成為我抵達陌生台北後的折返之地。

我並沒有把話說遠了。短暫的去年以來，寫作的氛圍並不美好，就算關緊了窗戶，仍然聽得見兩百公里外傳來的強弱音：士官洪仲丘被凌虐致死，服貿條例在暗室中闖關，太陽花學運掀起驚濤駭浪，反核的林義雄在禁食的自我凌遲中倒數計時……；一篇小說來不及虛構之處，往往一瞬間荒謬而真實地發生在我們這樣的台灣，你不得不去聆聽那些憤怒的喉嚨如何掀翻拒馬、那些暗夜裡的太陽花在哀嚎中濺出了血光。

搭最後一班的高鐵回家，半夜裡洗澡，有一次順便剪了指甲，準備追趕當天的小說進度，才突然發覺一個字也打不出來。敲在字鍵上的指腹是沒有聲音的，它失去了指甲的依循，成為了沒有情感的肉體，一時讓我愕然盯著屏幕發呆，恍如滿腔血液凝固在孤寂的書房裡。

那時我才明白，原來我是藉著指甲寫作的，那幾乎就是我身上唯一剩下的觸點，倘若沒有了指甲，如同已經遠離三十年前街頭吶喊的勇氣，我真不知道我的空白頁裡還能填入多少像樣的聲音。

寫作對我而言確實也是這樣，一無所求的追尋，才發現它含有至高無上的價值；如同我們的閱讀，藉由每個段落凝聚一雙眼睛，在黑夜裡睜開，取代苦澀的吶喊，似乎才看得見溫暖或者飄忽的光。這些短小說或許沒有一篇寫到最好，但也總算說出了我想表達的人類困境、憂傷或者同情。讀者如果覺得篇幅太過簡短而意猶未盡，那是因為我們還共同擁有一種渴望，想把內心話一次說盡卻又覺得說不出來。

感謝天上的神讓我安於寫作。感謝陳芳明、楊照兩位先生同時為這本小書寫序，他們讓我感受到只有寫作才有的榮光。

二〇一四年八月的夏天

INK PUBLISHING
文學叢書 420

# 誰在暗中眨眼睛

作　　者　王定國
總 編 輯　初安民
責任編輯　陳健瑜
美術編輯　林麗華
校　　對　吳美滿　陳健瑜　王定國

發 行 人　張書銘
出　　版　INK 印刻文學生活雜誌出版股份有限公司
新北市中和區建一路249號8樓
電話：02-22281626
傳真：02-22281598
e-mail：ink.book@msa.hinet.net
網　　址　舒讀網http：//www.sudu.cc

法律顧問　巨鼎博達法律事務所
施竣中律師
總 代 理　成陽出版股份有限公司
電話：03-3589000（代表號）
傳真：03-3556521
郵政劃撥　19785090 印刻文學生活雜誌出版股份有限公司
印　　刷　海王印刷事業股份有限公司

港澳總經銷　泛華發行代理有限公司
地　　址　香港新界將軍澳工業邨駿昌街7號2樓
電　　話　(852) 2798 2220
傳　　真　(852) 3181 3973
網　　址　www.gccd.com.hk

出版日期　2014 年 10 月　初版
2019 年 3 月 15 日　初版八刷
ISBN　978-986-5823-95-5

定　價　330 元



國家圖書館出版品預行編目資料

誰在暗中眨眼睛 / 王定國 著；
--初版, --新北市中和區：INK印刻文學，
2014. 10　面；　公分.（文學叢書；420）
ISBN　978-986-5823-95-5（精裝）
857.63　　103017223

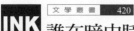